「你好」羽根つき餃子とともに

――二つの祖国に生きて――

石井克則

三一書房

目次

序章

「你好」店主、八木功

東京・蒲田は庶民の街だ。町工場といわれる小規模経営の工場が多く、飲食店やパチンコ店の数もどこにも負けない。かつては映画の松竹蒲田撮影所もあって、ＪＲ蒲田駅の発車メロディは映画のテーマ曲として使われた「蒲田行進曲」である。その蒲田に「你好《ニーハオ》」という中国料理店がある。

「你好」といえば、「羽根つき餃子」がしばしばテレビや雑誌で取り上げられる人気店である。開店から三十数年。現在も大勢の人たちが餃子を食べに列をつくっている。「你好」の魅力は何だろう。焼き餃子、一人前三百円という安さだろうか。それだけではない。飲食店は安くても味が一番大切だ。「你好」はその条件が備わっているから、多くの人に支持されているのかもしれない。

「你好」の餃子の味をつくり出したのは創業者であり、店主の八木《やぎ》功《いさお》だ。功は自分が求める味のために、多くの時間を使う。焼き餃子の場合もそうだった。日本のものとは一味違う焼き餃子をつくりたい……。功は中国の餃子を思い出しながら、試行錯誤を続けた。

餃子には皮と具（餡）の部分があるが、餡の方はハクサイ（時期によってはキャベツも入れる）と長ネギ、豚の三枚肉を使う。日本の餃子のようにニラとニンニクは入れない。中国の餃子はこれが普通だ。皮は強力粉と薄力粉を熱湯でこねて、薄く伸ばす。

焼き方はどうしたらいいだろう。見た目からも食欲を誘うような餃子ができないか……。ふと、二十歳のころ、サッカーの試合で上海に行ったときに食べた生煎饅頭《ションジエンマントウ》（生煎包、水煎包）を思い出した。豚の挽き肉とネギやショウガ、老酒を入れた具を酵母で発酵させた小麦粉の皮で包み、鉄板で蒸し焼きにする、肉まんよりは小ぶりの点心（軽食用の食べ物）だ。あれはうまかった。皮の部分に羽根が付いたような焦げ目があって、色もきれいだった。だが、功はその作り方を知らなかった。

何度も作り直しているうち、偶然に皮に使う強力粉（小麦粉）をもう一度使ってみてはどうかという考えが頭に浮かんだ。

その方法は、油を敷いたフライパンが熱くなったら火を弱くして餃子を並べる。粉は熱湯で溶かし、餃子の上からかけてフライパンにふたをする。少しすると、フライパンの中の粉入りの水分が蒸発して、焦げ目がついてくる。

そこでサラダ油を一振りしてまたふたをする。皮の部分が透明に近づくのを見計らい、火を止める。そうすれば溶かした粉が焦げて膜になり、並んだ餃子全体に羽根がついたようになるのではないか。これなら見た目もきれいになるはずだ……。

早速、試してみた。だが、粉の量が少ないと羽根はつかず、多すぎても色がきれいにならない。何度か繰り返し、粉と水加減が次第に分かってきた。そのあとも、数えきれないほど試してみてコツはつかめた。

食べると歯ざわりもいい。以前、東京・高田馬場の有名店で食べた焼き餃子とは違う味がし、見た目にも満足した。功の餃子づくりを手伝っていた妻の英子（中国名・王建英）も、新しい形の餃子を口に運んで笑顔を見せ、満足そうにうなずいた。「羽根つき餃子」の誕生だった。

餃子の歴史をたどると、行き着くのが中国北方地域である。特に東北各省のほか山東、河北、山西の各省では古くから点心の一つとして食べられていたという。中国では餃子といえば水餃子のことをいい、鍋貼（焼き餃子）や湯麺餃子（スープ餃子）あるいは蒸餃子（蒸し餃子）は水餃子に比べれば、食べる機会は少ない。中国では春節（旧正月）になると、どこの家庭でも家族みんなが協力して餃子をつくって食べる習慣がある。日本の正月はお雑煮が定番だが、中国では餃子なのである。

功は小さい頃、お正月に何を食べたか覚えていない。成長して中国人として生きた期間は、ほかの家庭と同様、春節（旧正月）には家族で餃子を食べた。それは水餃子だった。母が貧しい生活の中で拾ってきた野菜を使った餃子の味はいまでも覚えている。その水餃子や蒸し餃子の余りものを焼いて食べることがあったが、日本人が焼き餃子を好きなことに驚いた。

焼き餃子は、日本へは中国・東北部に住んだ日本人から伝わり、庶民の味の代名詞になったという説もあり、中国・大連生れの画家・作家の甲斐大策は『餃子ロード』という本の中で、六歳（一九四三年）の頃、父親が自宅にやってきたお客のために出前で焼き餃子を取り、一緒に食べた思い出を書いている。当時の大連では焼き餃子を食べる家庭があったのだろう。

　功が経営する中国料理店「你好」は、蒲田で一九八三（昭和五八）年十二月に誕生した。東京と神奈川を結ぶ私鉄、京浜急行電鉄の京急蒲田駅から歩いて五分、ＪＲ蒲田駅からは十二、三分。近くには一六〇〇年ごろ（慶長年間）創建といわれる蒲田八幡神社があるほかは、当時は一戸建てが並ぶ住宅街の一角だった。四人掛けのテーブルが四つしかないから、十数人の客が入れば満席になる小さな店だ。スナックだった店を借りて、内装は苦労しながら功が自分でやり始め、途中何人かの協力を得て完成した。「你好」は高級料理店と違って、餃子や小龍包などを中心に、安くてだれもが入りやすい中国家庭料理を前面に打ち出した。

　その後、一九八〇年代後半のバブル経済と機を一にしたグルメブームに乗って繁盛し、いまでは大勢の人たちが並ぶ行列ができる店になった。しかし、店を始めたころは、料理の味や店員の対応にきつい言葉で苦情を言う客もいた。中年の男性は、餃子など何品かを食べて帰る際、レジに立った功に「こんな店には代金は払えたものじゃない」と文句を言った。スーツ姿でサラリーマンらしい、味にうるさそうな客だった。

「料理が出てくるのが遅いし、店員は不愛想だ。餃子がうまそうなので来てやったのに、がっかりした……。金は払いたくない」

客の言う通り、料理づくりの段取りも悪く、客を待たせてしまったことも確かだし、注文を聞き、料理を出す妻の英子は、まだ店に慣れずに、落ち着かない。ただ、味については触れていないから、功は少し安心した。

功は頭を下げながらひたすら客の言い分に耳を傾けた。それが終わるのを待って、たどたどしい日本語で謝った。

「貴重なご意見、本当にありがとうございました。お客様がおっしゃったことは、ほかのお客様も感じていたのかもしれません。開店して間もないとはいえ、不愉快な思いをさせてしまい申し訳ありません。お客様の言葉をこれから生かしていきたいと思います。ありがとうございました」

渋々という様子でこの客は代金を払って店を出た。

ところが、数日後この客は再び店に顔を出し、功を驚かせた。もう一人の男性と一緒だった。

「この前は言い過ぎました。申し訳ない。友だちから新聞の切り抜きを見せてもらい、八木さんのことを知りました。餃子の味が忘れられなくて、友だちを誘って来てしまいました。これからもよろしく」

こう言うと、男性は功に笑顔を見せた。

功はこの体験を大事にしている。客との間でトラブルを起こせば他の客にも迷惑をかけ、店の信用もなくなる。客の話を聞く姿勢が「你好」の発展につながると、信じた。このような耐える姿勢は、中国で暮らし、少年時代から飢餓という辛酸をなめながら家族を支えた功の生活の知恵だった。

それから三十数年。「你好」は支店も入れて十二店舗に拡大し、蒲田では知る人ぞ知る存在になった。ここまでになったのは、功が考案した羽根つき餃子が多くの人々を虜《とりこ》にしたからだ。今、蒲田には「你好」や功の弟と異父妹の経営する店を含め四十を超える餃子を看板にする中国料理店があり、餃子の街として知名度が全国に拡大しつつある。

功が日本の土を踏んでから二〇一七（平成二九）年で三十八年になった。中国で生まれ、人生の半ばまで生活してきた功は帰国当時、中国が自分の故郷だと思っており、日本へは一時帰国＝里帰りという気持ちが強かった。だが、父親の強い勧めでその気持ちを抑え、そのまま永住帰国に切り替えた。功はのちにそのことを何度も後悔した。

中国には「落葉帰根《らくようきこん》」ということわざがある。一九八〇年代、肉親捜しのため訪日していた中国残留孤児たちを取材する記者たちは、孤児の多くがこの言葉を話すのを聞いて記事中に使った。これは、中国禅宗の第六祖、慧能《えのう》の「樹高千丈、落葉帰根、落地生根」（樹木はどんなに高くても、落ちた葉はいずれ根元に帰っていく。そして地に落ちてもそこに根を張る）という言葉の一部であり、「落葉帰根」は人間に例えると、「人は老いるに従い故郷に帰りたくなる」という意味である。中国で生まれ育ちながら、自分のルーツを探し続けている中国残留孤児にとってこの言葉は拠り所であったのかもしれない。

功の場合はどうだったのか。里帰りから永住に切り替えたといっても「落葉帰根」とは言えなかった。功にとって中国が故郷という思いが強かった。

十年に及び、多くの国民が犠牲になった文化大革命の時代でも何とか難を逃れ、そして生活も落ち着き、多くの友人もできた。そうした生活に別れを告げて四十四歳になってやってきた日本は、言葉もできない異文化の国だった。自立への壁は厚く、追い打ちをかけるように次男の事故死という悲運に見舞われた。

そんな厳しい現実に追われ、ともすればくじけそうになった。

功にとって幸運だったのは、後援会をつくり彼を支えてくれた友人たちがいたことだった。この存在なしに、「你好」の発展はなかったと思う。その七十八人の名前が書かれた額縁が「你好」本店に飾ってある。これこそ「你好」の歴史を見守ってきた、かけがえのない、お守りのような存在なのだ。功はときどきこの額に見入り、応援してくれた人たちの顔を思い出す。

功は険しく困難な道のりを歩いてきた。幾多の逆境に追い込まれ、喪失体験も重ねた。だが、幼いころから辛抱強く貧しさに耐え、そして前を真っ直ぐに向いて歩いてきた。八十歳を超えたいまもその精神を忘れず生きている。日中戦争から解放後の新中国の激動の時代、そして日本ではバブル経済とその崩壊を見てきた。このような大きな歴史の渦の中で、功という男はどんな存在であり続けたのだろう。

第一章

悲しみを乗り越えて

在りし日の勉君（1979年7月）

慟哭

二〇一七年一月二十二日夜、テレビ朝日系（朝日放送制作）で放映されている『人生で大事なことは○○で学んだこと』という番組に功が登場した。一月十五日からスタートした司会・所ジョージ、レギュラーパネラー・林修による約一時間の番組は、さまざまな分野で活躍する人生の達人たちの人生訓や人生哲学を紹介するもので、二回目の一月二十二日の番組は前半が歌手・俳優のピーター（池畑慎之介）、後半が功の人生を特集した。

功については、これまでの半生やどのような経緯で羽根つき餃子を考案したのかを紹介した。餃子を日本語学級でお世話になった先生たちに食べてもらったとき、彼らがそのうまさに驚き、結果的にそれが自立への道を開いたエピソードをたどり、「感動が人を動かす」というタイトルがついていた。

二〇一七年三月四日のTBS「炎の体育会TV」では優勝チームに功手作りの羽根つき餃子が提供されたほか、二〇一六年だけでもNHK「あさイチ」（一月三十日）、日本テレビ「news every.」（十二月八日）、テレビ東京「イチゲンさん」（十二月十一日）にも功と羽根つき餃子が紹介された。それほど功は、テレビ局の番組制作者にとって関心を集める存在なのだろう。ただ、どのテレビ番組も功がなぜ教師たちに餃子をふるまったのか、その背景に深く踏み込んで触れることはなかった。

それは、最愛の息子の事故死という悲劇がきっかけだったのである。

いまから三十八年前に遡る。一九七九（昭和五四）年六月五日に大連から帰国した功は、そのわずか四十四日後の七月十九日、思わぬ事故で八歳の次男勉を失った。父、龍平に会いに妻の英子を残し長女の恵子（十四歳）、長男の毅（十三歳）、それに勉の四人で一時帰国したが、父の希望で四人は永住に切り替え日本語学級に通い始めていた。その直後の事故だった。

この日午後、勉は二年生として通っていた江戸川区立葛西小学校（中葛西二丁目）日本語学級の授業が終わったあと新中川（旧中川放水路。葛飾区から江戸川区を流れる一級河川）に行き、カニを取ろうとして遊んでうちに誤って川に転落し、溺死した。

各新聞の縮刷版にはこの事故のことが載っている。当時の新聞記事や功らの話から、事故の状況が浮かび上がる。

功一家は当時、江戸川区葛西一丁目の古い賃貸住宅に住んでいた。勉はこの日、学校が終わったあと、二人の友だちとともに家から約二キロ離れた江戸川区西葛西四丁目にある新中川（幅百メートル、水深三メートル）にかかる瑞穂大橋わきの護岸に遊びに行った。そこには立入禁止の日本語の看板があったが、少年たちにはその文字は読めなかった。

三人は一・三メートルの鉄製フェンスを乗り越え、さらに階段を使って約五メートル下の傾斜している護岸に降り、カニを取ろうとして歩き始めたが、水際に藻があったため勉が足を滑らせ、川に落ちてしまった。午後三時ごろのことである。友だち二人の帮助《パンチュー》（助けて）と中国語で叫ぶ声を聞いて、通りかかった会社員の男性が川に飛び込んで助けようとしたが、すでに遅く、勉は汚れた水の中に沈み、行方不明になった。

瑞穂大橋の上は車の通行量が激しく、事故当時、ちょうど都営のバスも走っていた。乗客が事故を目撃して運転手に伝えたが、バスはすぐには停車せず、次の停留場まで数分走って止まった。運転手は反対方向から走って来たバイクを止めて消防への通報を頼んだ。しかし、バイクの主が公衆電話から一一〇番通報し、小松川警察署員が出動した。当時二百メートル上流では江戸川消防署が水難救助訓練をしており、小松川警察署員と江戸川消防署員合わせて約四十人がボート五隻で事故現場周辺を捜索、約三十分後に護岸近くの水中に沈んでいた勉を発見、病院に運んだが、既に息はなかった。

東京都内の公立学校は二十日が一学期の終業式で、二十一日から夏休みだった。勉の事故は夏休み直前のことであり、勉が中国帰国者の子どもだという事情もあって新聞各紙は大きなニュースとして扱い、社会面のトップ記事にした新聞もあった。

勉は泳げなかった。しかし、大連に住んでいた当時、時折海辺で遊んでいたから水遊びは好きだった。暑い夏の日本にやってきて、危険とは知らずに護岸に入り込んでしまったのだろう。

功は勉の事故のことを思い出すと、日本に永住したことを悔やむことがある。同時に慣れない日本で自立できたのも勉が導いてくれたからだと思い、複雑な心境になる。功の人生でこの事故が一番つらいことだったことは間違いない。当時を振り返る功の目には、涙が浮かんだ。


勉のことね。……いまでも思い出すと涙が流れて仕方がありません。

長女の恵子が葛西中学校日本語学級の二年生、長男の毅は同じ中学の一年生でした。私は次男の勉と一緒に葛西小学校の日本語学級に通っていました。この日は、小中学校とも昼の給食がないというので、先に帰ってごはんをつくって子どもたちを待っていました。しばらくすると、恵子と毅は帰って来たのですが、勉は午後四時半になっても帰ってきませんでした。

そして、小学校日本語学級担任の善元幸夫先生からすぐ病院に行きなさいという連絡がきました。葛西中央病院（江戸川区船堀）の救急病棟に駆け付けると、勉の顔には白い布がかぶせてあり、医者から「懸命に治療をしたのですが、蘇生しませんでした」という説明がありました。私は勉の顔を見て、震えがきました。死んだことが信じられなかったからです。

私はその場で失神して倒れてしまい、何も分からなくなりました。正気に戻った後、事故の説明を聞きましたが、腹が立ちました。勉が川に落ちたことを見た人たちが何人もいながら、すぐに助けてくれなかったこと、通報も遅かったことなど、いろいろありましたが、日本にきてたった四十四日で勉を死なせてしまったことが、とても悔しかったのです。

勉はとても頭のいい子でしたよ。親ばかと笑われるかもしれませんが、天才だったと思うのです。頭が大きく、小さいころから勉強が大好きで熱心に本を読んでいました。中国に住んでいた頃、四歳になると恵子に小学校に連れて行ってもらい、初めのうちは教室に入らず、廊下で授業を聞いていたそうです。ある日、詩の授業があり、先生が教えている詩を勉が暗記し廊下で読み上げていました。これを聞いた先生が勉を見つけ、教室に連れて入り、「この子は誰が連れてきたのか」と聞きました。恵子が怒られるかと内心ビクビクしながら「私が連れてきました。私の弟です」と話すと、先生はニコニコして、勉を空いている席に座らせてくれたのです。

勉は先生たちにいろいろなことを教わりました。例えば、四角のテーブルの一角を切ると、何角になるかという問題を、すぐに五角と答えました。六歳の時には六年生の算数は簡単にでき、毛沢東の詩も暗唱できました。日本に来てからも日本語を覚えるのが早く、学校から家に帰ると、中学生の恵子と毅に助詞の使い方を教えていました。勉は私にとって自慢の息子だったのです。

　私は勉の事故死から何も食べることができなくなり、生きる気力もなくしました。毎日、元気だった勉の顔が頭に浮かび、私を呼ぶ声が聞こえてくるのです。この時、困ったのは、勉が死んだことを妻にどのように知らせるかということでした。もし本当のことを知らせたら、妻は中国でどうなるか分かりません。とにかくいますぐ、妻を日本に呼ぶことが必要と思っても、自分の力には限りがありました。私は友だちと兄弟たちに相談しました。

　みんなはうそをついて、妻が日本に来てからだんだんと本当のことを伝える方法が一番よいと私に言いました。私はそうしようと思いました。それから二カ月後の九月十一日に妻が何も知らないまま日本に来て、とりあえず弟の偉雄《ひでお》の家に行きました。妻は長旅に疲れていましたので、当日早速寝かせました。私は妻の寝顔を見ていて、日本にやってきた妻の心境はどんなものか、そればかり考えていました。

　次の日、私は妻を連れて弟の章夫《のりお》と弘行が住んでいる常盤寮まで行ったのです。二人の家族は同じ年に帰国して、ここに住んでいました。お昼の食事を済ませたあと、妻が「勉は元気？　なぜ会わせてくれないの」と聞いたので、隠し通すのは難しいと思い、本当のことを少しずつ話しました。

　そして、勉が死んだことに話が及ぶと、私たちがいくら慰めても、妻は泣き出し、いつまでも泣きやみませんでした。一カ月たっても、目に涙をためていました。知り合いや兄弟が入れ代わり立ち代わり、家に来て慰めてくれましたが、妻はいつも横になっている状態で何も食べないし、夜も時々外に出て物思いにふけっている様子でした。

葛西小学校の善元先生たちにも来てもらって、みんなで一緒に食事をしようとしましたが、妻は横になったままで、起きて箸をつけようとしないのです。一緒に食事を済ませたら、先生たちも安心して家に帰るのですが、妻が食べないので先生たちも心配して遅くまで待ってくれました。その気持ちが通じたのか、しばらくして妻はようやく起きてきて一緒にごはんを食べました。

こうして二カ月がたちました。妻の気持ちがだんだんよくなりましたので、その年の十一月から私と一緒に江戸川区立小松川第二中学校の夜間学級（葛西小中学校の日本語学級設置と同時に、学齢を超えた帰国者やその家族のために、日本語学級が併設されていた）に入学して、日本語の勉強を始めたのです。

勉の事故死から私は胃が悪くなって、葛西中央病院で

英子の来日直後の一家の食事風景。右端が長女の恵子、左端が長男の毅（1979年9月ごろ）

二年間治療したのですが、なかなかよくなりません。時々胃痛が起きて食事ができないのです。無理に食べたら、すぐに食べたものを吐き出してしまいます。そのあとも、胃痛は続きました。私は日本に帰ってきたことを後悔しました。「中国にいたなら、勉は死ぬことはなかった。妻も一緒に連れてきていたら、寄り道しないで帰ったかもしれない」などと、くよくよ考え続けました。妻も勉を思い出しては、時々泣いていました。勉が死んで今年（二〇一七年）で三十八年になりますね。時の流れは早いものです。でも、私や妻の頭の中には、八歳の勉の顔が残っているのです。

感動

勉の事故死のあと、功は長い間放心状態にあった。勉と一緒だった葛西小学校の日本語学級通いは一人だけになった。胃痛は改善せず、おかゆだけしか食べることができないという最悪の時期が二カ月も続いた。この間、功は江戸川区から父の龍平が住む大田区蒲田に引っ越した。龍平は実兄の家で世話になっており、功は父の近くに住みたいと都営住宅を申し込んだ。たまたま空き家が出て、九月に入居した。これが蒲田との長い付き合いのきっかけになるのである。

引っ越しが済んだある日、功は勉の事故のとき、親身になって世話をしてくれた教師たちにお礼の気持ちを伝えたいと考えた。そうだ、得意の家庭料理をつくって食べてもらおう――。

功は自宅に葛西小学校の善元と葛西中学校日本語学級で恵子と毅を教えてくれている岩田忠を呼んで、手作りの餃子やイシモチのあんかけ、肉まんなど数種類の料理を出した。餃子は水餃子である。それを口にした二人は口々に「うまい！」と感想を述べた。

「八木さん！　こんなうまい餃子、これまで食べたことはありませんよ。岩田さん、これ、商売にならないかなぁ」

善元が感心するように言った。岩田もその言葉にうなずいた。

功は、大連時代、同じ職場の同僚や若い人たちの結婚式で何度も料理番としてお祝いの料理をつくった。食材が不足していた時には、工夫して見栄えだけでなく本当においしい料理をつくったという自負がある。だが、自分の料理が日本人の口に合うかどうか、自信がなかった。それだけに、二人の自然な反応はうれしかった。これがテレビ朝日系の番組で紹介されたように「感動が人を動かす」結果につながったのである。

気の早い善元は、すぐにも店を始める準備をするよう勧めた。しかも、意外なことを付け加えた。日本では餃子といえば焼き餃子のことを指す。だから、焼き餃子もつくるべきだというのである。そして、実際に高田馬場にある焼き餃子の名物店に連れて行き、食べさせてくれた。

それから、功はひそかに羽根つき餃子の研究を始めた。それが完成するのは、中国料理の専門学校に入る前のことだ。

功は店を持つことには慎重だった。日本語をマスターするのが先で、仕事のことはあとで考えようと思った。

功の日本語の基本は善元が教えた。善元は功に対し、最初の半年間は五十音の発音だけしか教えなかった。早く日常会話を覚えたいと焦る功だが、来る日も来る日も五十音の練習をさせる。

「善元先生は私に意地悪をしているのではないか。おかしい」

そんなことも考えた。苦しかった。話すことができない自分に腹が立った。再び、日本に帰ってきたことを後悔する気持ちが頭をもたげた。

半年が過ぎ、単語の練習が始まり「おはようございます」「さようなら」といった簡単な日常会話を少しずつ覚えていった。葛西小に通い出してあと少しで半年になるころ、功は善元の勧めもあって、小松川第二中学校の夜間学級に通い始める。妻の建英は英子という名前になり、一緒に通った。

夜間学級は山田洋次監督の映画『学校』のモデルといわれ、在日コリアンや中国残留孤児など、戦争の混乱で学校に通えなかった人たちが学んでいる。東京には全部で八つの夜間学級があるが、当時小松川第二中学校の夜間学級には百～百五十人の生徒がいたのではないかと功は記憶している。

一年目、功は日本語学級のAからEまで五クラスのうち、一番下のEクラスに入った。ほとんど作文はできず、最初は単語だけを何回も書き、その後は短い文章を書いて、間違いは赤字で直してもらった。最初のうち、功のノートは赤字で埋まった。しかし、次第に赤字は少なくなった。葛西小通いはこの年でやめている。

二年目のクラス分けで、功を指導する太田知恵子と鈴木秀子は「あなたはAクラスに行きなさい」と言って、功を驚かせた。

「無理ですよ。私はまだ日本語がよく書けません」

功は顔を赤くして言った。

「大丈夫。難しいけれど、あなたならできるわ。頑張りなさい」

二人の激励で功はAクラスに入ることを決めた。このクラスには、約二十人がいて中国で大学を卒業した人や若い人がほとんどだった。もちろん、功が一番の年長者だった。

夜間学級時代の仲間たちと
（前列左から3人目が功。1981年）

中学に通い出して気が付いたことがある。ただ勉強だけでは日本語は上達しない、上達のためには毎日書くことだ。功は文章を書き、それを大きな声で読んだ。書いては読み、書いては読む日々が続く。善元にも何度も文章を見せに行き、直してもらった。

夜間学級の卒業の日が近づいた。若い級友は職業訓練所に三年間通うことを決めたといって、張り切っている。しかし、功は五十の坂が近づいている。訓練所に通っても就職するのは難しいと思った。

善元や岩田に相談すると、「あなたの腕を生かして中国料理の店をやったらどうか」と勧められた。以前のことを彼らは忘れていなかったのだ。だが、功には自信がなかった。羽根つき餃子はできたが、ほかの料理は自信がなかった。簡単な家庭料理なら問題なくつくることができるが、料理の奥は深い。きちんと基礎から勉強をしたいと思った。

功の希望を聞いた夜間学級の太田が恵比寿の料理学校を紹介してくれた。「中国烹調文化社恵比寿中国料理学院」である。この料理学校は、四川料理を日本に広めた陳建民（陳建一の父親）によって一九六六（昭和四一）年に設立され、建民が亡くなり閉校するまでの二十四年間に一万五千人以上の卒業生を輩出している。

功は夜間のコースで週一、二日通った。自立支援を目的とした公費の補助があり、学校側も授業料を通常より安くしてくれた。功と面談した教務長（教頭）の顧中正《グゾンゼン》は、料理の専門研究科で学ぶことを勧めた。このコースは新しい中国料理を研究するもので、学生は功を入れて十五、六人だった。日本人と中国人が半々くらいで、大きな中国料理店の社長や料理長といった腕の立つ人が多く、彼らは中国料理の歴史にも詳しい。功は懸命にノートにメモを取り、料理の手法を自分の腕に教え込んだ。初心を忘れないように、いまでも時々、その当時のノートを引っ張り出して見ることがある。酢豚の作り方、鶏肉のあんかけ……、懐かしい思い出だ。一緒に学んだ人たちはもう五、六人しか生きていない。

昼は学校から紹介された中国料理店で見習いとして働いた。最初に行ったのが六本木の北京飯店だった。功はいろいろな店で、できるだけ多くの料理に接したいと考え、一つの店は三カ月と決め、最初にそう断った。だが、功の料理の腕を見込んだ北京飯店は、約束の三カ月が来ると延長して働くよう勧め、結局、半年間世話になった。そのあと広尾と大森の中国料理店でも半年ずつ見習いを続けた。

料理学校を一年半で卒業する時、教務長の顧が、意外なことを言った。

「あなたは中国家庭料理の名前で店を出した方がいい。あなたならやっていける。自信を持って家庭料理で挑戦しなさい」

顧は中国料理の研究で知られ、中国料理に関する著作が多く、功が尊敬する人物だ。「中国料理には人類が生きるための知恵が詰め込まれている」という、顧の話を功は忘れることができない。その願が功の資質を家庭料理と見込んだのだ。大きな料理店で働くより、小さくとも功の味で、やってくる人たちを満足させてほしいという願いが込められているようで、功はようやく自信を持つことができた。この一言があったからこそ、「你好」を開店する際には「中国家庭料理」という冠をつけたのだ。功がもらった卒業証書は一九八三（昭和五八）年四月二十六日付である。

開店

功が料理学校の勉強と中国料理店の見習いをする中で、自分でも小さな店ならやっていくことができると思うようになったことを善元と岩田に話すと、二人は「やりましょう」と言ってくれた。功から見ると、これまで世話になった善元と岩田は対照的だ。善元はブルドーザのような強い力で、どんどん先へ進む。一方、岩田は物事を筋道立てて考え、慎重に行動する。二人が力を合わせると、とてつもない力になると功は思った。店をやりたいという功の話に、いつも慎重な岩田も賛成してくれた。だが、店を開くに当たって、資金の目途は立っていない。そこで善元らが考えたのが多くの人に功の料理を食べてもらい、協力してもらうことだった。

いわば試食会でもあり、功の自立を願う激励の会でもあった。

試食会はこの年の七月、功が卒業した恵比寿中国料理学院で開かれた。この会には、善元と岩田のほか中国残留孤児の支援活動を通じて功と知り合いになった日中科学技術交流協会事務局長の漆戸暾、日中協会の宮川由美子らを含む三十七人が集まり、功が学校の調理場を借りてつくった料理を食べた。そのときの料理は酢豚やホイコーロなど六品あった。その中で一番人気は考えに考えて編み出した、まるで羽根がついたようなカリッとした焼き餃子だった。参加者は目を輝かせて餃子を食べている。

この席で善元は訴えた。

「きょうは、八木さんが店を開くことを応援しようと思ってみなさんに来ていただきました。みなさん、食べていただいた料理の味はいかがでしょう。特に餃子はどうでしょうか。おいしいでしょう。ただ、店を開く資金が八木さんにはないのです。どうしたらいいか、アイデアがあったら教えてください！」

「大丈夫！　この餃子ならすぐに人気になる。羽根つき餃子と呼べばいい。後援会をつくって寄付を集めましょう」

誰かが言った。その声に参加者から「そうだ！」という声が挙がった。

こうして功が店を開くための後援会が発足した。会長には初代中国公使だった林祐一に頼み、快く応じてもらった。早速、会員は友人や知り合いにも声を掛け、カンパを集め始めた。善元、岩田、宮川の三人がその中心になり献身的に動いた。父親龍平が功らを探す手紙を周恩来に出す際に仲介してくれた国会議員宇都宮徳馬の秘書だった松原忠義は大田区議会議員（のちに大田区長）に当選したばかりで、「你好」の応援団の一人になった。

善元は一九七四（昭和四九）年四月に教員となり、赴任したのが葛西小学校だった。善元は日本語学級の専任となった。葛西小は日本で初めて日本語学級が開設された学校といわれる。善元が赴任したのは開設して数年後だった。しかし、当初の教室は校長室の隣の会議室で、PTAの会合があるときには授業が中止になるという劣悪な環境にあった。善元の要求で翌年には専用の教室として階段下の窓が一つしかない薄暗い物置小屋が割り当てられた。

その後、善元の努力や他の教員の協力で普通教室を確保し、最終的には二階の日当たりがよく、職員室にも近い教室が日本語学級の教室になった。善元の葛西小勤務は十四年に及び、この間功は勉とともに善元の教えを受ける。功より一年早く永住帰国した弟の偉雄も善元の指導を受けている。

善元は引き続き日本語学級担任として残留したいという希望を出していたが、別の区立小の普通学級へ転任となる。五十代後半には、児童の六割が外国籍という新宿区立大久保小学校に勤務した。日本語学級、普通学級時代を通じて教師として追求したのは「面白い授業、面白い学校」だった。

岩田は善元より二年遅い一九七六（昭和五二）年四月に東京都の教員として採用され、赴任したのが葛西中学校の日本語学級だった。大学で中国語を専攻したという理由で配置されたのだが、日本語の教科書もカリキュラムもない。自分でテキストをつくり補習を続けて生徒たちを懸命に教えた。当初は朝鮮半島からの引揚者の子どもが数人しかいなかったが、八〇年代になると、中国残留孤児の二世たちが急増し、生徒は年間五十人を超えた。

生徒の中に恵子と毅も含まれている。また、日本語学級時代の教え子の一人は、いじめに遭ったために暴走族グループ「ドラゴン」に属して犯罪に手を染めてしまい、服役した。出所後、彼は残留孤児を支援するボランティアとして立ち直った。岩田にとって、忘れがたい教え子だった。

三歳先輩の善元とは、同じ日本語学級の教師として同志のような存在だ。岩田の日本語学級の教師生活は善元より少し長い十七年になる。その後夜間中学の教師生活などをして、二〇一三年に定年退職した。岩田の父親は旧満州の関東軍兵士だった。戦後シベリアに抑留されたが、岩田は今、黙して多くを語らなかった父親の足跡を追う調査を続けている。

善元と岩田は日本語学級教師時代、「子どもたちが日本語を学ぶ中で、どのように自己を確立していくことができるか」に留意した。それは言葉を教えるだけではない。善元は子どもたちに中国の文化や生活のことを教えると、子どもたちがとても楽しそうに授業を聞くようになったと著書『おもしろくなければ学校じゃない』の中で書いている。岩田も教え子たちに「無理をして日本人に同化しなくていい。自己主張をしなさい」と教えた。

宮川は、就職予定だった友人がけがをしたため代わり日中両国の相互理解のための事業をしている日中協会に入ることになり、その後一九七九（昭和五四）年から一年間休職して北京の大学に留学している。功が日本に来たのがこの年の六月のことだから、入れ替わるような形で中国に行った。この年、中国政府は正式に私費留学生の受け入れを始めている。中国から帰国後功と知り合った宮川は、当初、「穏やかで優しく、控え目な人」と功を見ていた。しかし、その後の功の奮闘ぶりに「タフネゴシエーター（手ごわい交渉相手）の面がある」と見直すようになった。

カンパは瞬く間に集まった。一口一万円なのだが、一人で数口もカンパをしてくれる人もいた。結局数カ月で七十八人から百六十六万円が集まった。さらに百八十六万円の公的融資を受け、開店資金として三百五十二万円が用意できた。これを店の賃貸と運転資金に充てることにした。

同時に店を開く場所探しが始まった。功は研究熱心だった。自転車で不動産屋を回り、後援会メンバーの紹介があった物件も見た。気に入った物件は一週間程度通い続け、朝から夜まで人の動きを調べた。この中に中国残留孤児支援ボランティア団体、日中交流あけぼの会の主宰者、柏実から紹介された蒲田の物件があった。

それは京急蒲田駅から歩いて五分という住宅街の一角にあり、一階がスナックで二階は麻雀店だが、とりあえず一階が空いたので、貸してもいいという話だった。

家賃は月十五万円、権利金も敷金も不要という条件で、駅からの人の流れや店の前の人の通行量を見て、功はここならやれると判断した。

この店を借りる契約を結んだ功は、内装は後援会のメンバーの協力も得たが、基本的には自分でやった。中国での仕事の経験が役に立ったのである。テーブルと椅子は後援会の人たちが持ち寄り、業務用のガスレンジと冷蔵庫は中古ショップで安く購入した。

こうして、功は十二月十八日に「中国家庭料理　你好」を開店した。もちろん、羽根つきの焼き餃子が看板商品である。日本に帰国して四年の歳月が流れ、功は四十九歳になっていた。

この日のことを宮川はよく覚えている。

「入り口から入った左側で、奥さん（英子）がひたすら餃子を包んでいました。これをずっと続けることができるのか、心配でした。こんな働き方では疲れてしまい絶対体を壊すと思ったのです。八木さんは忙しくて、店全体を見渡せるだけの十分な余裕がないようでした」

功は当時の新聞記事を大切に保管している。既に廃刊になった東京の地方紙、東京タイムズ

開店祝いに集まった人たち（1983年12月18日）

英子と一緒に餃子をつくる功（1983年12月）

開店当時の店内。功も料理を運んだ（1983年12月）

店の手伝いをするようになった長男勉と功夫妻（1985年ごろ）

十二月十二日付朝刊には、開店準備の作業をする功の写真とともに「中国帰国者　愛のカンパで自立」「孤児のみなさん　元気を出してください」「ギョウザ専門店を開く　安い値段で恩返し」という見出しが付いた長い記事が掲載された。共同通信が配信した記事である。

　この記事には、店に孤児を招待したいという功の希望も書かれていた。開店当時、六十人の中国残留孤児が肉親探しのため厚生省（現在の厚生労働省）の招きで訪日調査（二回目）をしていたため、宮川が功に「大連からも四人が来ている。この人たちを店に招待したら」と勧めた。この計画は厚生省の許可が得られず実現しなかった。だが、この記事を見て大連にゆかりのある人たちが次々に「你好」を訪れた。「餃子がうまい」という口コミや他のテレビ、新聞の報道もあって、「你好」は次第にその存在が知られていく。

　何とか開店にこぎつけたとはいえ、すべてが順調だったわけではない。焼き餃子が七個で二百五十円、水餃子十個で三百五十円、肉まん一個百円、中国風すいとん（咯嗒湯《ゲーダアタン》あるいは疙瘩湯）五百円など、安い値段を設定したことに異論が出されたのだ。

「八木さん！　この値段は安過ぎるし、量も多いよ」

　こんな声が後援会のメンバーからも寄せられた。結局焼き餃子は六個三百円にしたものの、ほかのメニューの量は減らさなかった。それは料理学校に通いながら見習いとして働いた中国料理店での経験から考えたことだった。いずれの店も料理はたっぷり皿に盛ってあり、客は満足して帰っていく。功の場合、家庭料理を名乗っているから、値段もできるだけ低く抑えたかった。多くの人に応援してもらったことに対する感謝の思いも込められていた。

開店直前の十一月二十三日、功は中国帰国者三互会が主催した中国帰国者弁論大会に参加している。三互会は中国残留孤児など、中国からの帰国者の自立支援を行うボランティア団体で、弁論大会は初めての開催だった。功はこの大会で勉を亡くしたことや多くの人の支援で近く餃子店を開くことなどを話し、優秀賞をもらっている。このことも功には大きな励みになった。

第二章

幼き日々

弟の章夫とともに。左が功（1940年ごろ）

旅　順

ここで功の生い立ちについて、触れてみたい。功は生まれてから四十四年間、中国で暮らした。その暮らしぶりはどんなものだったのだろう。

「青く澄んだ海と背後に山があって、本当にきれいな街でしたよ。……でも生活は大変でした。海藻や野草、山菜を毎日のように取りに行き、それが貧しい私たち家族の大事な食料になったのです」

功の生まれ故郷、旅順についての思い出はほろ苦い。だが、この言葉に功の中国時代が凝縮されているようだ。

功は一九三四（昭和九）年七月九日、旅順の旧市街、敦賀町で生まれた。功が産声を上げたこの年、旅順は在満州国（戦前、満州は「満洲」と表記した。戦後、「洲」は常用漢字表に含まれていないため満州としており、この本でも満州と表記した）日本大使館関東局の管轄下に入っている。

遼東半島の最南端にある旅順は山と海の自然に恵まれた街であり、軍港と学園の街という側面も持っている。中国の領土でありながら、近世は日本とロシアに翻弄され続けた歴史が続いた。

かつて旅順は人口も少ない小さな漁村だった。一八七八（明治一一）年に当時の清国（現在の中国）の北洋艦隊の根拠地となって人家も増え、日清戦争が起きると一八九五（明治二八）年には、日本軍が占領した。

旅順市内の白玉山《はくぎょくざん》（標高百三十メートル）の東麓には、日清戦争最中の一八九四（明治二七）年十一月、日本軍によって多くの清国敗残兵と市民が犠牲になったといわれる、旅順虐殺事件の被害者の墓「万忠墓」があり、現在は歴史博物館が置かれている。

日清戦争後には下関条約で旅順を含む遼東半島は日本に割譲されることになった。だが、清への返還を要求するフランス、ドイツ、ロシアによる三国干渉の結果、日本への割譲は立ち消えになった。その後、北清事変（一九〇〇年＝明治三三＝に発生、義和団の乱ともいう）後はロシアの租借地となり、ロシア海軍太平洋艦隊の根拠地として発展した。日露戦争（一九〇四〜〇五年）で、二〇三高地をめぐる激しい攻防があったことは歴史的にもよく知られている。

一九〇五（明治三八）年一月、日本軍はロシア艦隊を破り、旅順を占領した。その結果、日本はポーツマス条約で租借権を得、旅順を含む遼東半島の統治が決まり、この地域は関東州と呼ばれることになった。翌〇六年には関東都督府が置かれた。以後、旅順は一九四五（昭和二〇）年八月のソ連による満州侵攻まで関東軍（旧日本軍）の軍事拠点、日本人の街として繁栄した。

中国では、一九三一（昭和六）年九月十八日に満州事変が起きている。かつての奉天（現在の瀋陽）郊外の柳条湖（鉄道の瀋陽―ハルビン間にあり、瀋陽の中心部から車で約十五分の場所）で関東軍が南満州鉄道株式会社（満鉄）の線路を爆破した。この事件は関東軍高級参謀の板垣征四郎大佐と関東軍作戦参謀石原莞爾中佐らが首謀したことが分かっているが、これを中国軍の仕業とした関東軍は中国軍を攻撃、満州を日本の支配下に収めることになる。日中の歴史の中でも重い位置を占め、その後「柳条湖事件」と呼ばれるようになった現場には「九・一八歴史博物館」が置かれ、現地では毎年九月十八日に日本の侵略を非難する集会が開催されている。

一九三二（昭和七）年三月一日には、関東軍の主導で傀儡国家といわれた満州国が建国され、清朝最後の皇帝・愛新覚羅溥儀が元首（当初執政、功が生まれた三四年に皇帝）となる。建国に当たっては、理想の国を徳義によってつくるという意味の「王道楽土」、満日蒙漢朝五つの民族が平和な国造りのために協力する「五族協和」という二つの言葉が喧伝され、当時の小学校の授業でも教えられた。

満州国建国をめぐり国際社会と対立した日本は一九三三（昭和八）年二月、国際連盟総会が満州からの撤退勧告案を四十二対一（反対は日本のみ）で可決したことから国際連盟を脱退、孤立を深めていく。

当時の全権大使の松岡洋右は長い巻紙を読んで演説を続け、最後に「さようなら」と言って締めくくった。松岡はのちに外務大臣として日独伊三国同盟の締結や日ソ中立条約の締結に関与し、戦後A級戦犯となり、判決前に病没した。松岡は満州国建国前の一九三一年に、「満蒙は日本の生命線」と唱え、満州と内蒙古《ないもうこ》（現在の内モンゴル）は、日本にとって軍事戦略上あるいは経済面で極めて重要な地域だと主張した。

生命線とは、帝政ロシア崩壊後に誕生したソ連が満蒙での権益の奪還のため南下した場合、日本が危機に陥ることが考えられるという防衛上の観点からの指摘である。軍部はこうして関東軍部隊の増強を続ける。さらに石炭や鉄など資源確保、移民政策の対象としても満州は脚光を浴びる。

満州事変の前年の一九三〇（昭和五）年、日本経済は世界大恐慌の波をまともに受け、危機的状況になった。都市部では失業者が街にあふれ、農村では冷害による凶作もあって農民は窮乏し、娘の身売り（人身売買）が珍しくないという事態が続出した。そうした時代を背景に、国策として農村の次男、三男や都市部の困窮者らを満州に開拓団として送り込んだ。その結果、豊かな生活を求めて中国大陸に渡る人たちが続き、「王道楽土」を夢見て満州に入植する日本人家族が急増するのである。

国策としての「満蒙開拓移民」が始まったのは満州事変後の一九三二年からだ。試験移民として応募した東北、北関東、信越十一県の二十四～三十歳の兵役経験者（在郷軍人）四百二十三人は十八日間の訓練を受けた。この地域に応募者を限定した理由として当時の新聞は「各県は昨秋の凶作に見舞われ、乃至はその他の経済事情で特に疲弊のはなはだしい地方で、農村救済に重要な意味も含まれている」（東京朝日、昭和七年八月二十五日）」と書いている。

試験移民が東京を出発したのはこの年の十月三日だった。新聞には「在郷軍人四百五十人の武装移民団が渡満」（東京日日、昭和七年十月四日）という見出しで移民団の記事が掲載された。記事の中には「三週間の軍事教練を受けた在郷軍人ばかりで、カーキ色の軍服に身をかためた姿はさながら現役兵で、各人の面上には北満に屍をさらす悲壮な決心の程がみなぎっている」と、武装移民を示唆する言葉も使われていた。

国内組に奉天の国民高等学校訓練生七十人を加えた四百九十三人は十月十四日、ハルビンよりさらに北の佳木斯《ジャムス》に船で松花江を下って到着した。この試験移民の第一陣は新聞が武装移民と書いたように小銃や機関銃、迫撃砲という武器を所持していた。到着すると案の定、船は現地の中国人農民らが組織したパルチザン（ゲリラ的な抵抗運動）に攻撃され、交戦する。

その後もパルチザンの攻撃を受けるが、一九三三年の「紀元節」である二月十一日に先遣隊が出発、入植地の永豊鎮で四万五千町歩（約四万四六〇〇平米）の土地を一町歩（九九一七平米）当たり一円という、ただ同様の価格で現地農民から買い上げる。

試験移民政策は五年間で四次にわたり、戦死者や退団者が多かったにもかかわらず、その後関東軍は「満州農業移民百万戸移住計画」（一九三六年五月）を発表、村ぐるみの移民には特別助成金が国、県から支給するという分村移民の政策が一九三八年（昭和一三）年から始まったこともあって、内地から次々に農民家族らが満州に向った。そして、現地の中国人、あるいは朝鮮人、蒙古人によって既に農地として利用されていた土地を強制的に安い価格で買収、現地農民を追い払って入植するのである。同じ三八年、加藤完治は茨城県内原町（現在の水戸市）に満蒙開拓青少年義勇軍訓練所を開設し、多くの少年を満州に送り込んだ。

功の父親、八木龍平は一八九八（明治三一）年四月九日、四国の愛媛県松山市藤井町（現在の松山市住吉）で八木忠七、マシ夫妻の三男として生まれた。藤井町周辺は三津浜といわれる松山市の西端にあり、瀬戸内海に面した港町である。龍平は二十二歳の時の一九二〇（大正九）年に召集されて歩兵二十二連隊に所属した。

この連隊は一八八六（明治一九）年に松山で発足した愛媛県出身者が中心の部隊で、日露戦争に派遣され二〇三高地をめぐる攻防に投入され「伊予の肉弾連隊」という異名を持つ。

連隊は日清、日露の二つの戦いに参加し、一九二一（大正一〇）年六月からはシベリア出兵にも投入され、部隊は翌二二年九月松山に戻っている。シベリア出兵は龍平が召集された翌年のことだが、軍歴を示す記録が既に廃棄されているため、龍平がシベリアに行ったかどうかは不明である。

シベリア出兵は、ロシア革命軍に囚われたチェコ軍救出の名目でアメリカ、イギリス、フランス、イタリアなどとともに日本軍もシベリアに七万三千人の軍隊を派遣したもので、ロシア革命に対する干渉が目的だった。日本軍は他国軍が撤退した後も単独駐留したが、三千人を超える戦死者を出して撤退した。

当時の国内情勢は、一九一八（大正七）年夏に始まった「米騒動」がきっかけで、社会不安が増幅していた。第一次大戦（一九一四〜一九一八）中のインフレ政策によって、労働者の実質賃金が低下したにもかかわらず、米の価格はシベリア出兵を当て込んだ思惑買いと政府の米価調整失敗が重なり、一八年夏には大戦前の四倍に暴騰、庶民の生活を困窮させた。

この年の七月二十三日、富山県魚津市の主婦らが県外に移出する米の積み込みへの反対行動を起こし、これが次第にエスカレートして全国に波及、米屋の打ち壊しや警官隊との衝突、炭鉱労働者のストライキなどに発展した。騒動は一道三府三十八県に及び、愛媛県でも八月九日の越智郡今治町から始まって以降、断続的に発生した。

龍平が住んでいた松山でも八月十五日に騒動が起きている。この騒動には兵役を終えた多くの若者も参加したという。龍平が米騒動に参加したかどうかは分からない。だが、松山に住んでいたから、少なくともこの騒ぎを目撃したか、騒ぎがあったことを聞いたことはあるかもしれない。

そんな時代に徴兵検査を受けた龍平は、二年後に召集され、入営する。

龍平は生前、兵役のことや旅順に住み着くまでのこと、そのあと移り住んだ内蒙古薩拉斉《サラチ》でのこと、終戦の混乱の中でどのようにして帰国したかなど、詳しい経緯を語ることなかった。それは、帰国した功が日本語を忘れてしまっていて、二人の間で細かい会話が成り立たなかったことが背景にある。功はそれをとても残念に思い、足跡を調べようと父の故郷である松山に行き、知己を探したが、父を知る人と出会うことはなく、詳細な生涯をたどることはできなかった。だから、功やきょうだいたちは断片的にしか龍平の歩みを知らない。

龍平は除隊後中国に渡り、山東省の済南や青島《チンタオ》、煙台《えんだい》で貴金属の売買などをして暮らしたあと二十八歳で旅順に移り住んだという。それまで貯めた資金を元手に中心部の市役所や電話局に近い旧市街・敦賀町の、二つの建物がある物件を購入し、カフェ兼日本料理の店「コンパル」を始めたのは一九二六（大正一五）年のことである。「コンパル」は能楽の流派である「金春」からとったらしいが、龍平が能に親しんだかどうかは分からない。

この年の十二月に大正天皇が亡くなり、日本の元号は昭和になった。二〇世紀の中でも最も激動の時代といわれた昭和の幕開けであり、のちに龍平自身の家族もその渦に巻き込まれ、家族が離散することを満州に住む他の日本人同様、考えてはいなかっただろう。

龍平が中国を生活の拠点にした理由は定かではない。ただ、一旗揚げるには経済的にも先の見えない国内よりも中国の方がやりやすいと考えたのかもしれない。

店は一階にあり、二階が家族と従業員の住まい、中庭を挟んでもう一つの建物は一階が倉庫、二階は従業員の寮になっていた。中庭は昼でも薄暗かったことを功は覚えている。店には二人の中国人板前のほか、日本人と中国人の計六人の従業員がいた。海軍の軍人もカフェで働く女性を目当てにしばしば顔を出した。日本人が経営している他の店は、中国人を客として受け入れなかったが、「コンパル」はだれでも出入りでき、それが当たったらしく繁盛した。

龍平はかまぼこをつくるのが得意で、これも店の名物となった。龍平は店に人力車や馬車の御者などをしている中国人が入ってきても拒まなかった。その人たちは小さな功を見つけると

火鍋之部

八寶火鍋	豚丸イ、海鼠、絲肉貝柱鮑 支那素麺エビ其他二三種	
三鮮火鍋	右に同じ	壹円二十銭
四喜火鍋	同上	壹円五十銭
拾錦火鍋	同上	弐円
襍拌火鍋	同上	弐円五十銭
生鶏火鍋	同上	参円
菊花火鍋	同上	

陳酒		十五銭
糯米酒	支那上等酒	四十銭
日本酒		二十銭
木須湯	豚肉椎茸竹の子エビキクラゲを卵子にてさざる	十二銭
玉子湯	右に同じ 但しクズかけ	十二銭
片湯	右に同じ 但し團子の延し切り入り	十銭
格大湯	右に同じ 但し細小き丸團子入り	十銭

會席御料理

卓子一面 八円、十円、十一円、十二円、十三円 / 十五円、十八円、二十円、二十五円、三十円

一卓御人數八、九人以上も着席出來ますから宴會などにはこれを御注文になつた方が御便利で御座います

「コンパル」店内に立つ父親の八木龍平。
下は当時のメニューの一部（1930年ごろ）

馬車や人力車に乗せ、旅順港を見下ろす白玉山や海岸に遊びに連れて行ってくれた。功が店からいなくなっても家族は「また人力車に乗って遊びに行ったのだ」と、全く心配しなかった。「コンパル」と現地の中国人との間にはそんな信頼関係があった。功自身、当時は中国語が全く話せなかったが、自分が日本人だという意識はあまりなかったと振り返っている。

白玉山の山頂には日露戦争の立役者である陸軍大将乃木希典と元帥海軍大将東郷平八郎の発案によって一九〇九（明治四二）年に全額（二十三万円）寄付によって建立された日露戦争戦没者を追悼する慰霊塔「表忠塔」（現在は白玉山塔）があり、功はここから眺める旅順の街と海の景色が気に入っていた。

当時の旅順の街はアカシア並木の広い通りがあり、ロシア時代の名残である赤れんが造りの建物も残っていて、隣の大連にひけをとらないほどきれいな街で、気候も温暖だった。

母親は中国名で劉芳貞といい、一九一四（大正三）年五月二日に旅順・水師営近くの野菜農家で生まれ、美しい顔立ちをしていた。あまり外には出なかったが、その美しさは近所でもよく知られていた。知り合いからたまたま芳貞のうわさを聞いた龍平は、人を介して結婚を申し込んだ。

功は五、六歳ころ、母とともに実家に行き、曽祖父の天秤棒《てんびんぼう》を担いだ姿を見たのを覚えている。曽祖父は背丈も大きく、前に野菜、後ろに功が入ったかごを天秤棒で軽々と担いだ。そのころ曽祖父は九十歳を超えていたはずだが、力持ちだった。

水師営は日露戦争当時、乃木希典が旅順陥落後の一九〇五（明治三八）年一月五日にロシア側のアナトーリイ・ステッセル将軍と会見した場所として知られている。二人が会見したのは水師営の民家で、現在も記念館として残されている。

ここで会見した二人の将軍は、このあとの生き方も対照的だった。乃木は明治天皇が亡くなった二カ月後の一九一二（大正元）年九月十三日、妻の静子とともに自刃という形で殉死の道を選び、ステッセルは帰国後投獄され死刑の宣告を受けた。その後懲役十年に減刑されて服役、一九一〇（明治四三）年に恩赦となり茶の行商をしながら生涯を送り、乃木が自刃した翌年（一九一三年）に六十六歳で病没した。

芳貞の実家は、この記念館からそう遠くない場所にあった。芳貞は龍平より十六歳も年下で、龍平からの結婚の申し込みに最初はためらった。だが、父親の劉洪山が賛成し、しかも龍平の穏やかな性格にほだされ結婚を承諾した。実際に龍平が芳貞を入籍したのは、功が生まれた後の一九三四（昭和七）年七月二十五日のことである。以降、芳貞は日本人芳子になった。

功は竜平と芳子の間の長男で、自宅にはピアノもあり、振り返って子ども時代は不自由のない時代だったといっていい。

父親に教わって料理もやり、ボール遊びもした。特に料理を手伝っていると、飽きることはない。その姿は、まるで小さな料理人のように見えたという。功は幼な心に料理が好きなことを実感し、いつかはこの父を超える料理を作りたいと思った。

「コンパル」の近所に、玉屋モスリン店という和服店があった。モスリンはメリンスとも呼ばれる木綿や羊毛などの梳毛糸《そもう》による薄い織物だ。この店に、功より五歳上の児玉静子（現在は市田姓で東京都町田市在住）という女の子がいた。静子は幼いころ、しばしば「コンパル」に行き、二階で功らと遊んだことを覚えている。静子の店は功の家から十メートルしか離れていなかった。

「チャーボーのお母さんはとてもきれいな人でした」

功の母親の美しさを、静子は今も覚えている。功の愛称は「チャーボー」だった。

静子の父親は広島県近田村（現在は福山市）出身で、十歳のときに丁稚《でっち》として旅順にある「ゑびす屋」という呉服店に入った。成人して以降も懸命に働き続けのれん分けしてもらい、店を開いた。同時期にお針子をしていた母とお見合いをして結婚した。母親は神戸生まれで、早くから親と死別したため旅順に働きに来ていたという。二人の間には八人の子どもができたが、静子は六番目で三女だった。静子の七歳上の長女、華子はのちに張作霖爆殺事件の首謀者、河本大作が経営する会社に入って秘書として働き、戦犯として拘留される。

龍平一家の幸せな時は長くは続かなかった。間もなく、戦争による暗雲が漂うことになるからだ。一九三七（昭和一二）年七月七日の盧溝橋事件に端を発して、日本は中国に対し、全面的侵略戦争を始め、満州事変から続く「十五年戦争」への泥沼へと入り込んだ。その影響は旅順に住む日本人にも及んだ。順調に見えた龍平の店は、材料が配給制になったため思うような料理を出すことができず、経営が悪化してしまった。軍人が一升瓶を持参して利用してくれてはいたが、龍平は内蒙古に行くことを決心した。功は五歳になっていた。

「少し寂しくなるが、我慢しなさい。お母さんを頼むよ」

功の頭を撫でたあと龍平は、内蒙古へと旅立った。包頭《パオトウ》近くの薩拉斉という町で友人がホテルを経営しており、この友人が窮状を見て手を差し伸べてくれたのだ。龍平はホテルの前に旅順の店と同じ日本食の店を建て、単身で生活を始めた。残された旅順の店は芳子が細々と続けた。

一九四一（昭和一六）年四月、六歳の功は旅順第一小学校に入学した。この年から小学校は初等教育（初等科六年）と前期中等教育（高等科二年）に分けた国民学校になり、功は旅順第一国民学校初等科一年生になった。戦時体制に即応した国家主義的教育を行うための改革だった。

小学校は小高い丘にあった。学校の正面玄関からは西の方角に白玉山の表忠塔が、南には旅順の東港、さらにその右手に老虎尾半島を見ることができた。

入学式に龍平は参加できず、芳子は旅順の写真屋でランドセルを背負った息子の写真を撮影してもらい、龍平に送っている。功の家の近くにある木村食堂の娘が同級生で、二人は一緒に小学校に通い、遊んだ。功の家にあるピアノを一緒にひいたり、漫画を読んだりした。ほかの友達も入れてかくれんぼうもした。娘はのちに日本に帰国し、東京で生活していたが、功とは再会することなく亡くなっている。近所の玉屋モスリン店の静子は、功が入学した四月に五年生になった。

一九〇六（明治三九）年に設立された旅順第一小学校は、多くの卒業生を輩出した。

旅順国民学校初等科1年当時の誕生月写真。
右から2人目が功（1941年7月）

同窓会の「白玉会」が一九九六（平成八）年十月、『遥かなり旅順』という創立九十周年記念誌を刊行した。その中に功の同級生だった坂元康雄が「赤茶けた学級誕生月の写真」という一文を寄せている。そこには、小学校の同級生の長い年月を経てからの再会の感動が記されている。以下はその全文である。

十数年前のある夜でした。横浜の姉（山本美智子　昭和十七年卒）からの電話で「あなたの旅順時代の同学年生に八木さんという男の人がいたことを覚えている?」という問い合わせがありました。「覚えているよ。木村食堂の並びの洋食屋の人で、僕と同じ七月生まれで、担任の生野先生と一緒の誕生月写真も持っているよ」と瞬時に答えました。

あまりにも早い答えだったので、姉の方が「本当? では中尾義和さん（昭和十四年卒、旅順ホテルの経営者の息子）のお話の通りだわ」とつぶやき、「その人が京急蒲田駅付近で『你好』という餃子屋さんを開いており、中尾さんが今日偶然入って、店のご主人と話をしたら、旅順生まれで大連から遅くなって引き揚げて来た人で、青葉町（注・敦賀町に隣接）で親同士親しかった関係の人とか。弟さんと同学年だと思うから聞いてみてくださいとのことで電話したのよ」「もし都合がつけば早目に『你好』を訪ねて!」と電話は切れました。

さーてと、過去のつまった段ボール箱を私は探し始めました。やがて昭和十六年国民学校入学後の七月の誕生月写真が赤茶け、角が少しいたんだ形で出て来ました。まさに私の記憶通りに八木功君が一緒に写っているではないか。「よーし、これを持って行こう」

当時の校長、外河先生が、趣味のカメラを生かし、一年生から三年生までの全クラスの生徒を対象に、誕生月別に担任の先生とともに後ろの補助黒板前に並べ撮って下さったものでした。

黒板には出生日の早い順に氏名・生年月日・身長・体重・胸囲等が校長先生ご自身の字

で書かれ、その前に各人が並んだ写真です。

問い合わせのあった翌日の夕方、「你好」に私は出掛けました。店内の白い壁には「中日友好……」等の額縁が多く掛けられており、目の大きい大人風の店主の顔は昔の八木功君と現在の八木功さんとが直線的に結びつくものでした。

メニューを持って近づいてきた店主に「私を知ってますか。覚えていますか」と聞いてみました。店主の八木さんはけげんな顔をして私を見つめ、軽く頭を横にふりました。私は持参した古く赤茶けた写真をテーブルの上に置き「この中に知っている人がいますか」と聞きながら手渡しました。店の中では家族がじーっとこの奇妙な会話に注目していました。やおら店主は、「この人知っている」と一人を指さしました。それは八木功と記された前に立っている少年、自分自身を指しているのでした。私を含めて残された二名の級友は全く忘れたとのことでした。

その瞬間、ただ引き揚げて来ただけの私達と異なり、敗戦後二十余年間、少年時代の淡い思い出も忘れるほどに、家族が生きていくために黙々と働いた八木さんの後ろ姿を見た思いでした。昔懐かしいだけの軽はずみな質問をした自分を愚かしく、また敗戦の教訓が形骸化しているのを痛く感じました。

やがて一言、八木さんが「この写真を貸して下さい。私の分をつくりたいのです」

次回「你好」に行った時、奥さんが「うちの人写真を一晩中見ていました」と言葉少なにご主人の心を語ってくれました。

八木功さんは毎日片時も肌身はなさず誕生月のコピー写真を持っています。自らのアイデンティティーを確信し、仕事の餃子づくりを通して新しい日中友好の橋渡しに日夜尽くしています。

外河校長の生徒に対する思い出づくりのこの赤茶けた学級誕生月の一枚の写真が、半世紀以上を経た今、当時の生徒達の間に新しい友情と日中友好への努力等若々しい生命を生み出しているのです。

功は国民学校を一年生の途中で離れ、同級生と別れることになる。その悲しい日のことは記憶からすっぽり抜け落ちているのである。

薩拉斉

中国の内蒙古では、先住民族のモンゴル人の独立運動がかなり昔から起きている。一九一一

（明治四四）年、孫文主導の辛亥革命で清国が崩壊、それまで清国の支配下にあった蒙古のうち外蒙古地方は独立を宣言、それに対し内蒙古のモンゴル族は、満州族、ウイグル族、チベット族とともに漢民族に同化して中華民族を形成するとの孫文の方針によって独立は認められなかった。

一方、帝政ロシアは極東地域への勢力拡大を図っており、日露戦争後、日本との間で日露協約を数次にわたって結んでいる。一九一二（明治四五）年七月八日には第三回目として、内蒙古の西部をロシアが、東部を日本が利益を分割するという内容の協約を結んだ。しかし、ロシアでは一九一七（大正六）年、革命によって帝政が崩壊、この協約は帝政の代わりに誕生したソ連政府によって破棄されている。

一九三二（昭和七）年に日本の介在で満州国が誕生すると、内蒙古東部は満州国に編入される。このあと、三七（昭和一二）年七月七日の盧溝橋事件をきっかけに日中は全面戦争へと突入した。これを契機に関東軍は内蒙古征服に着手し、チャハル省作戦で中国軍を退けて、占領地域に三つの蒙疆政権を樹立し、最高委員には中国人あるいは蒙古人を置き、最高顧問に日本人を任命した。さらに関東軍は内蒙古全体を警備する駐蒙軍を新設、張家口に司令部を置いた。

駐蒙軍の指導で一九三九（昭和一四）年九月、三つの政権を統合してデムチュクドンロブ（徳王）が蒙古聯合自治政府（蒙疆政権）を樹立、張家口を首都と定めた。満州に目を光らせる関東軍は、内蒙古を中国と満州国の緩衝地帯にしたのである。こうした背景もあって、内蒙古には多くの日本人が住んでいた。

薩拉斉は内蒙古の大きな都市、帰綏《キスイ》（現在の呼和浩特《フフホト》。蒙古聯合自治政府時代は厚和）と包頭の間にある農村で、包頭により近い。薩拉斉は現地の言葉でミルクの食べ物を経営する町、あるいは別れ道を意味するらしい。戦前薩拉斉では大規模灌漑事業が行われ、この事業に日本人武道家、望月稔が協力したという話も残っている。

薩拉斉には大同に司令部がある駐蒙軍の第四独立警備隊（至誠）所属の大隊（独立警備歩兵第二十一大隊の中隊とみられる）の一部が駐留し、国民党軍や八路軍（共産党軍）の攻撃に対する警備をしていた。

功は結局、旅順の国民学校には一年の途中までしか通うことができなかった。龍平が薩拉斉に行ったあと、旅順の店は母親の芳子が切り盛りしたが、間もなくして店を閉め、龍平の後を追うようにして、芳子は功らを連れて薩拉斉に移った。一九四一（昭和一六）年秋のことだ。ホテルの目の前という立地条件が幸いし、しかも味がよいことが評判になり、経営の見通しがついた龍平が家族を呼び寄せたからだ。

一九三七年八月に生まれた弟の章夫も一緒だった。功七歳、章夫は四歳。章夫は兄が大好きでいつも功のそばを離れなかった。その関係は日本に帰っても変わらず、章夫にとって功は乗り越えることができない偉大な兄なのである。

四一年十二月八日、日本はアメリカ、イギリスなど連合国との間で太平洋戦争を始めた。日中戦争も継続し、ヒットラー率いるナチス・ドイツを中心にした枢軸国が連合国との間で戦争をしているから、世界の人々が戦争に翻弄され、おびただしい命が失われることになる。

太平洋戦争が始まると、日本各地の神社仏閣には戦勝祈願をする人々が詣でた。日中戦争が続いているから、神社詣での数は増える一方だった。旅順の白玉山山頂にあった白玉山神社（日露戦争戦死者の遺骨を納めた。その後社殿はなくなり、地下に三カ所の納骨祠が残っている）にも多くの出征兵士の妻、母が詣でて、最愛の人の無事を祈ったという。

功が移り住んだ薩拉斉に神社があったかどうかは不明である。当時の薩拉斉は六キロに及ぶ城壁に囲まれ、城内には大隊本部が置かれ、日用品を売る様々な商店が軒を連ね、立派なキリスト教の教会もあった。中心には県城があり、城内では七千人の現地住民と軍とは別に日本人七十数人が暮らしていたという。この中に龍平一家も入っていた。この町に住む邦人が少なかったことを考えると、龍平の店は軍人御用達的存在だったのかもしれない。

一方、城外はアヘン用のケシを栽培する農家が点在し、県城からはその白い花がよく見えた。県城の北には包頭を起点とする陰山山脈が連なり、その山中には国民党軍や土匪と呼ぶ武装集団が出没していた。

ケシはヨーロッパ東部が原産のケシ科の二年草で茎は約一メートル～一・五メートル、五、六月ごろに直径十センチの花が咲く。白い花が多い。花がしぼんだあとにできた楕円形の果実から採取した液を干して固形にしたのが生《しょう》アヘンである。生アヘンからモルヒネを抽出することができる。さらにモルヒネを原料に麻薬のヘロインと医薬用のリン酸コデインが製造できる。生アヘンを加工して吸引するのがアヘン煙膏《えんこう》で、これを吸うと肉体的苦痛を和らげ、精神的な快楽を得るため習慣化し、さらに心身に深刻な影響を与えるアヘン中毒へと進むのだ。

満州国時代の日本は、ほぼ熱河省に限ってケシの栽培を認め、収穫したアヘンを農家から全量買い上げ、満州国内のアヘン中毒者に法外な価格で売りつけたという。日中戦争が起きると、蒙疆政権支配下だけにケシの栽培地域を限定し、それ以外の地域でのケシ栽培を禁止した。こうして現地の農民にケシ栽培を強要し、収穫されたケシは中国国内や東南アジアで高く売りつけ、莫大な利益を上げたとみられている。ケシ売買の裏で大陸浪人といわれる人物たちが暗躍したともいわれ、薩拉斉にもアヘンで大もうけをした日本人が存在した可能性は否定できない。

薩拉斉では三男の弘行（一九四二年＝昭和一七）と四男の偉雄（一九四四年＝昭和一九）が生まれた。芳子は店の手伝いをしながら功たち四人の子どもを育て、店の料理の材料となる鶏を四十羽ほど飼育する仕事にも追われた。功は薩拉斉の小学校に転校した。芳子は、功が食べ物の好き嫌いをすることを許さなかった。食事の時に功が口に入れないものを覚えていて、ある時などはそうした嫌いなものばかりがおかずになった。仕方なく食べているうちに、好き嫌いはなくなり、功の体も丈夫になり、風邪もほとんどひかなくなった。

その頃、八木家には頭のいい犬がいた。それは功が薩拉斉に駐屯する日本軍部隊からもらった軍用犬の子犬で、功が可愛がって面倒を見た犬だった。龍平の店は部隊の幹部らが利用していて、功がその幹部の一人に犬をほしいとねだると、あっさりと承諾した。

軍用犬というのは様々な軍事用に飼いならされた犬で、古代から戦には欠かせない一種の道具として扱われた。古代は動員された犬が兵士に襲い掛かり、倒すという兵士の役割も果たしたといわれる。

軍用犬の役割は時代を経て広がりつつあり、ナイジュール・オールソップ著『世界の軍用犬の物語』には、近代の用途が紹介されている。地雷探知犬や歩哨犬、麻薬・爆発物探知犬、攻撃犬、輸送犬、戦車爆破犬等々、驚くほどの幅広さであり、そうした役割に従事する犬たちに同情する思いを抱かざるを得ない。

日本軍は日清戦争、日露戦争当時から警備用に犬を用い、日露戦争ではロシア人の監視用としても使われた。第一次世界大戦後本格的にジャーマンシェパードを中心にした軍用犬の飼育が行われた。それに並行して民間団体の「日本シェパード犬倶楽部」（現在の日本シェパード犬登録協会）が発足、さらに軍用犬の受入窓口の社団法人帝国軍用犬協会（帝犬、現在の日本警察犬協会）も組織され、軍と民間が一体となり、軍用犬を増やしていく。

太平洋戦争の末期には軍用犬が不足し、一般家庭の犬も供出の対象となり、飼い主家族との悲しい別れが日本各地で見られた。日中戦争では哨戒や警備の役割を果したというが、犬にとっては迷惑なことだったに違いない。

功がもらってきた子犬は見る間に大きくなった。茶色で耳が立っている。運動神経がいい大型犬で、シェパードと思われる。功はこの犬をタローと呼んだ。

タローは功のことが大好きで人間の言葉を理解できた。芳子が作った弁当を小学校の功のところに運ぶのは、タローの仕事だった。風呂敷に包んだ弁当を口にくわえて学校にやってくると、教室の外でじっと功を待っているのだ。タローは商店で買い物もできた。紙に書いたメモを商店に持っていき、品物を受け取って帰ってくる。代金はあと払いというやり方だが、タローは近所では頭のいい犬だと評判になった。

それだけではない。ある日のこと、家族が外出して、夕方になって自宅に戻ると、いつもは帰っているはずの中国人の陳という家政婦が玄関で立っている。みんなを出迎えるにしては様子がおかしい。家政婦の前にはタローがいて、きつい顔をしてにらんでいる。

「陳さん、どうした？　こんな時間までいてもらわなくてもよかったのに……」

芳子がねぎらうように言った。

「すみません。そうではないのです。仕事が終わって帰ろうとしたらタローがほえて、それでも玄関を出ようとしたら、私にかみつこうとするのです。ですから、ここでみなさんのお帰りを待っていたのです」

陳がこう言うと、タローは陳に向かって行き、かみつく勢いを見せた。陳は持っていた風呂敷包みを落としてしまった。うまく縛っていなかったためか、風呂敷包みから中身が飛び出し、見慣れた功や章夫らの服が散乱した。陳は雇い主の家族が出払ったスキに、子供服を盗んで持ち帰ろうとしたようだ。それをタローが見抜き、外に出さなかったのだ。貧しさゆえの出来心と思った芳子は陳を許した。功はそんな陳を見て同情した。どうして中国人は貧しいのだろうと。だが、その先のことまでは、幼い功には考えることはできなかった。

タローのお手柄はまだある。冷え込んだ冬の夜、玄関の戸にドンドンとぶつかる音がするのを聞いた芳子が気づき、玄関を開けた。そこには険しい顔をしたタローがいて、庭の薪置き場から煙が出ているのが見えた。芳子は龍平や従業員を起こし、燃えている薪に水をかけ、事なきを得た。発火の原因は分からなかったが、タローがぼやで防いでくれたことに、龍平も喜んだ。

功の記憶の中には、タローが八木家の約三メートルという高さの塀を軽々と飛ぶ姿が残っている。功にとってタローは特別の存在の犬だった。

功は授業が終わると、同級生とは遊ばず、真っ直ぐ帰宅し、店を手伝った。薩拉斉の国民学校は生徒数が全学年合わせても十五、十六人と少なく、夫婦（夫は校長兼務）の先生が二人で授業をしていた。生徒の中には朝鮮人の子どももいた。そろばんが得意な功は店の会計を受け持った。そんな姿を父も母も目を細めて見ている。功には友達と遊ぶより、それが楽しみだった。楽しみはもう一つあった。馬に乗ることだ。功は、よく憲兵隊の馬に乗せてもらった。薩拉斉は城内を土塁で囲まれていて、馬に乗って二時間で一回りすることができた。功が乗る馬は、木炭を燃料として走る車をしばしば追い越し、それが愉快でたまらなかった。

馬に乗って城内から城外に出たこともある。

ある日、功を乗せた馬は城外の草原を気持ちよく進んだ。すると、前方にオオカミ二頭が見え、馬が立ち止まった。功は二頭がオオカミと分かって、体が震えた。だが、馬の後ろからついてきたタローが大きな声でほえながら二頭の方に走っていくと、オオカミは素早く体を反転させ、草原の彼方へと去って行った。

タローは馬に乗った功が片方の靴を落とすと、それを拾って口にくわえ、功が靴を落としたことに気づき、馬を止めるまでどこまでも追いかけてきたこともある。

そんなタローとも別れの日が近づいていた。

離散

満州は、一九四五（昭和二〇）年八月九日のソ連による侵攻で大混乱に陥り、以後各地に住んでいた日本人の多くが命を失い、生き延びた人たちも塗炭の苦しみを味わった。功一家が住む内蒙古の薩拉斉は、それよりも早く戦火に包まれていた。日中戦争が終盤になると、薩拉斉の街でも夜になると銃撃戦があり、功は大通りに転がる兵士や一般人の死体を何度も見た。現地では日本人の男は十六歳になると、兵隊に入らなくとも鉄砲を持たされ、戦う義務を負わされたという。

龍平は芳子と子どもたちを旅順へ避難させることにした。旅順ならまだ安全と考えたのだ。功の十一歳の誕生日一カ月前の一九四五年六月、五人は旅順へと旅立った。それが父との長い別れになってしまうのである。

別れの朝、龍平は長男の功に言った。

「もし私が死んだり、あるいは旅順へ帰ることができなくなったりしたら、あとのことはお前に頼む。お母さんを支えて生きていってほしい」

龍平は芳子に全財産だと言って、五通の貯金通帳を渡した。酒も飲まず、ぜいたくもしないでコツコツ貯めたという額は、一通数万円あり、全部で二十数万円分が入っていた。これは現在の貨幣価値で考えると、数千万円になる大金だ。

日中戦争当時、中国各地で日本の軍票（占領地域や勢力下に置いた地域で通貨の代用として使用する軍用手形のこと）が発行され、内蒙古でも軍票が使われたから、龍平は軍票を貯金に回したのかもしれない。だが、軍票は日本の敗戦によって、無価値の紙屑と化した。旅順に住む功の家族は、それを知らないまま貯金通帳を隠して戦後の混乱期を送り、結局、この通帳が功家族の役に立つことはなかった。

龍平は旅の途中の食料用としてパンをたくさん焼いてくれた。それだけなく、幅二十センチ、長さ八十センチほどの木の板も用意した。それは列車の座席の間に敷いて、小さな子供を寝かせるのに使うのだ。

功は可愛がったタローと別れを惜しみ、泣きながら何度も体を撫でてやった。

旅順から薩拉斉へは芳子と功、章夫の三人旅だったが、今度はほかに三歳の弘行、一歳になったばかりの偉雄がおり、芳子には果てしなく遠い道のりだった。薩拉斉から旅順までは鉄道を利用して二千キロ以上離れ、しかも満員の汽車を何度も乗り継ぐ必要があった。薩拉斉→大同→北京→山海関→錦州→奉天（現在の瀋陽）→鞍山→大連→旅順と続く長い旅は、一歩間違えれば幼い命の危険さえあった。車内は蒸し暑く、し尿のにおいが漂う最悪の衛生状態だった。

旅の途中、章夫は足の太ももを虫にさされたため吹き出物ができ、それが化膿して腫れ上がり、一歳の偉雄は泣きすぎて脱腸（鼠径ヘルニア）になってしまった。芳子は慌てて偉雄の下半身を手でもみ、出てしまった腸の一部を元に戻してやり、事なきを得た。

そんなつらい旅をして、芳子と功たち五人は一週間近くかかり無事旅順へと戻った。汽車から降りると、芳子はホームに座り込んでしまった。功は二階建てのモダンな木造駅舎を見て、故郷に帰ってきたと思った。

旅順に暮らす芳子の母は盲目となっていたが、四人の孫たちが帰ってきたことに涙を流しながら喜び、孫たち一人ひとりを抱きしめた。「コンパル」は荒らされることもなく閉めたままの状態で残っていて、住まいの心配はなかった。

芳子たち五人が乗った鉄道は、多くが満鉄の路線である。満鉄は日露戦争後の一九〇六（明治三九）年に東支鉄道（長春—旅順）を管理、運営する目的で設立され、その後業務を拡大していく。鉄道だけでなく鉱工業、炭鉱、町づくり、教育、農業の分野まで及び、満州だけでなく中国全体の調査研究をしたことで知られる満鉄調査部というシンクタンクもあり、最盛時の社員は約二十万人、嘱託などを含めて三十万人を超える巨大組織だった。満鉄コンツェルンとも呼ばれた。戦後、満州からの引揚者の中には、満鉄関係者も少なくない。

功は旅順に戻って間もなくの七月九日、十一歳になった。ちょうど一カ月後の八月九日、功の家族だけでなく満州に住んでいた日本人は奈落の底へと突き落とされる。

日本と不可侵条約（日ソ中立条約）を結んでいたソ連は、既にこの年の四月、条約の不延長を日本に通告していた。条約は不延長の通告後、一年間は有効とされたが、ソ連はそれを一方的に破棄し、満州へと侵攻した。四五年二月、米英ソ三国首脳（米国＝ルーズベルト、英国＝チャーチル、ソ連＝スターリン）はソ連クリミヤ半島の保養地ヤルタで第二次大戦の戦後処理について協議した。

この中でソ連は、ドイツ降伏から二、三カ月後に一、外蒙古の現状の維持、二、日露戦争で失った旧権利の回復（樺太南部・隣接する島嶼の返還、大連港、満鉄に対する優先的利益の擁護と保障）三、千島列島の引き渡し――という三つの条件によって日本との戦争に参加する「密約」を交わしている。満州への侵攻はこのヤルタの秘密協定を口実にしたものだ。

このあと米国は原子爆弾の開発に成功し、ソ連の対日参戦は不要との考え方に立つ。しかし、スターリンは密かに参戦の機会を狙い続け、米国が八月六日、広島に原爆を投下すると極東ソ連軍は行動を起こす。モトロフ外相は八日午後五時（日本時間午後十一時）モスクワの佐藤尚武大使に日本との間で戦争状態に入ることを通告。約百五十七万人の兵力と戦車・自走車五千五百輌、四千六百五十の航空機という大兵力部隊が国境を越えて満州へ侵攻したのは八月九日午前零時を過ぎたころである。

十一歳の功は、母を支えて踏ん張っていた。本来なら五年生のはずだが、国民学校に通う余裕はなかった。広島、長崎に新型の特殊爆弾が投下されたらしいといううわさも流れていた。そして、功は大人たちの話から、ソ連軍が北方から侵攻してくることを知った。だが、どうすることもできなかった。暑い日が続き八月十五日になった。天皇の玉音放送を聞いて、大人たちが泣いていた。日本が戦争に負けたらしいと功も理解し、父親がどうなるのか不安だった。

サンボという格闘技を日本に広めたビクトル古賀は、十歳のとき満州のソ連国境に近いハイラルで終戦を迎え家族とはぐれてしまう。その後、たった一人で錦州まで千キロを二カ月かけて歩き続け、父親の故郷の福岡県柳川市に帰国するという体験をしている。

古賀と同様、満州で極限状況に置かれた少年少女たちは過酷な運命に耐えなければならなかった。避難途中に家族とはぐれたり、肉親によって売られたりして中国人に引き取られた多くの幼い子どもたちは中国残留孤児としての道を歩むことになる。当時、女の子は五百円、男の子は三百円という値段が付いたという証言もある。現在の貨幣価値では数十万円に当たるが、金で買われた子どもや置き去りになった子どもなど、中国残留孤児の過去はつらく、悲しい。

功の母芳子も知り合いの日本人女性から頼まれ、四歳になるその人の娘を子どもがいない中国人に引き取ってもらったことがある。女の子は小学校四年生になって自分が日本人であることを知り、自分がもらわれた子どもであることを悲しみ、さらに学校や隣人からいじめられて毎日泣き続けたため、目が悪くなってしまった。成長してから日本の肉親を捜したが、見つけることはできず、現在も中国人として旅順で暮らしている。功は彼女だけでなく、同じような境遇の孤児を何人も知っている。

戦後も中国に残った日本人を「中国残留邦人」と呼ぶが、そのうち「中国残留孤児」は一九四五年八月九日以降、東北部（旧満州）を中心に置き去りにされた、日本人の両親から出生した零～十二歳までの子どものことをいい、「中国残留婦人」は当時十三歳以上の女性というのが定義である。龍平と芳子の間に生まれた功ら四人の兄弟の場合は、母の芳子が一緒だったから孤児にはならなかった。だが、中国残留邦人として辛酸をなめるという意味では、孤児たちとそう変わらなかった。

「王道楽土」を夢見て開拓団として満州各地に入植した人たちは過酷な運命をたどった。国にだまされたことに気付くが、後の祭りだった。頼みの関東軍は敗走して開拓団は壊滅、十八～四十五歳の男子は根こそぎ召集されてしまったため、残された婦女子と老人たちの避難行には、悲劇が伴った。ソ連軍に追い詰められた末の集団自決やソ連軍による虐殺、強姦、現地民の暴行や略奪は枚挙にいとまがないほどだ。

東部国境に近い東安省鶏寧県麻山（現在の黒龍江省鶏西市麻山区）では、八月十二日、哈達河《はたほ》開拓団が避難途中、ソ連赤軍と満州国軍反乱兵によって追い詰められ、男子団員が携行していた小銃で撃つ（介錯）という方法で四百二十一人の婦女子が集団自決した。この集団自決は、戦後「麻山《まさん》事件」として国会でも取り上げられている。

この二日後の八月十四日には、興安総省の葛根廟《かっこんびょう》駅（現在の内モンゴル自治区ヒンガン盟ホルチン右翼前旗葛根廟鎮）近くの丘にある草原で、興安街東半部から白城子、新京（現在の長春）方面に避難途中の避難民がラマ寺院葛根廟付近でソ連機甲部隊に攻撃され、千数百人（九割以上が婦女子）が虐殺されるという「葛根廟事件」が起きている。

ソ連側は中型戦車で逃げ惑う避難民をひき殺し、後続の自動車部隊がマンドリン（自動小銃）を乱射、さらに銃剣でとどめを刺したという。まさにジェノサイド（大量虐殺）である。地獄絵のような凄惨な現場で凶行を続けるソ連兵の心がどんなものだったか、想像することは難しい。旧満州に侵攻したソ連軍の中には囚人たちによって編成された野戦軍も含まれ、その野獣のような行動はさまざまな記録に残されている。

元日銀副総裁の藤原作弥が通っていた興安街在満国民学校の生徒と校長ら職員約二百人もこの事件で命を落としている。藤原の父親は、満州国の陸軍幹部候補生を養成する士官学校、陸軍興安軍官学校の国語（日本語）の教授だった。ソ連の侵攻直後の八月十日、軍官学校の職員家族は汽車でいち早く興安街を脱出、白城子を経由して新京に避難したため、藤原は「葛根廟事件」には巻き込まれなかった。藤原が同級生たちの悲劇を知るのは、それから四十年近くのちのことである。

ソ連の侵攻時、満州（旅順・大連などの関東州を含む）には関東軍を除いて約百五十万人の日本人がおり、十八万人が死亡した。死亡者のうち実に七万八千人が開拓団関係者だった。一方、武装解除された関東軍の兵士たちはソ連軍によってシベリア（一部がモンゴル）へと送られ、それから酷寒の地で強制労働に従事した。厚生労働省によると、その数は旧満州、樺太、千島を合わせ約五十七万五千人（うちモンゴル一万四千人）に達し、約一割に当たる五万五千人（同二千人）が命を失ったという。死者数はもっと多いのではないかという推定もあるが、真相は歴史の闇に潜ったまま不明である。

敗戦のあと旅順の街では、日本人の男を取り囲んで現地の中国人が暴行する光景が見られるようになった。功は物陰からその様子をのぞき、恐ろしさに震えた。人民裁判という名のもと、これまで支配してきた日本人への報復が続いた。市内の治安も乱れ、それまで大手を振るって歩いていた日本人と、従属してきた中国人の立場は逆転したのである。

ソ連軍は関東州（大連・旅順）に対しては落下傘部隊を投入、旅順は十九日に占領を終えている。そして二十三日には全満州の占領を宣言した。この直後、家屋の接収とソ連軍兵士による蛮行が頻発する。満州から命からがら引き揚げた多くの人は、ソ連兵が「ダワイ」と叫ぶ声が忘れられないと証言している。

「ダワイ」はロシア語で「何々をよこせ」という要求の意味で、日本人の家に土足で入り込んだ銃を持ったソ連兵は「ダワイ」と叫びながら家庭にある品物を略奪した。さらに「マダムダワイ」（女を出せ）と女性を物色し、女性がいると連行して強姦した。腰ベルトに奪った腕時計十数個を下げた兵士も目撃された。

ソ連兵の中には穏やかな将校や兵もいた。例えば旅順では、接収した家の近くに住む日本人の子どもに菓子をくれたり、ロシア語を教えてくれたりした将校の話、クラシックのレコードがある家に毎日のように数人のグループがレコードを聴きにやってきて、チャイコフスキーの「スラブ行進曲」のレコードが一カ月で擦り切れたという話を功の小学校時代の同窓生が記録として残している。ソ連国境に近い富錦という町でも日本人女医のきっぷのよさに感激したソ連軍の将校が、さまざまな物資を医院に運ばせたというエピソードもあるが、これらは例外中の例外で、ソ連兵による旧満州での邦人受難は後を絶たなかった。

「コンパル」の近所に住んでいた児玉静子は旅順高等女学校三年生のときに終戦を迎えた。功とは一家が薩拉斉へ移って以来会うこともなく、龍平を除いて功の一家が旅順に帰ったことも知らなかった。静子の家にもソ連兵が乱入してきて、大事にしていた蓄音機やレコードを持って行かれた。母親は夜になると、ソ連兵が来るかもしれないと、顔に墨を塗っておびえていた。
九月になると、ソ連軍から医師など一部を除き旅順に住む日本人に対し、大連へ立ち退くよう命令が出て、静子の一家もそれに従った。経済的にも余裕がない一家は、布団やわずかな日用品を持って大連まで四十五キロの道のりを十時間以上かけて歩いた。大連には知り合いはなく、行きあたりばったりの家を訪ねて部屋を貸してくれるよう交渉するが、容易に見つからない。ようやく見つかったのは古くて小さな部屋で、ここで兵隊にとられた兄を除く九人で暮らした。生活の糧は、中国人から仕入れてきたたばこの立ち売りだった。

静子の家族は、一九四七（昭和二二）年、母親と長女の華子を除いて大連埠頭から引揚船に乗って博多港に帰った。一家が向かったのは父親の実家があった広島県近田村（現福山市）で、静子は叔父が村長をしていた縁で役場に就職する。父親はいとこが経営する福山市の鉄工所に働き口を見つける。

父親は戦争末期、呉服の仕事では生活ができないと華北へと働きに出たが、病弱だったためすぐに旅順に戻り、母親が代わって山西省太原の料亭に仲居として働きに出た。旅順で事務員として働いていた姉の華子は母親の誘いで太原に行き、河本大作が社長を務める山西産業に入り、河本の秘書になった。

河本は関東軍高級参謀として一九二八（昭和三）年六月四日、奉天近郊で中国の軍閥、張作霖が乗っていた列車を爆破、張が死亡した「張作霖爆殺事件」の首謀者だった。この事件で停職処分となったあと予備役に編入され、満鉄理事、満州炭坑理事長を経て一九四二（昭和一七）年山西産業の社長に就任する。同産業は炭鉱や鉄鋼、電気、機械、化学、紡績、食品など三十六工場を統合して運営するコンツェルンであり、山西産業が擁する工場の業種は五十以上に及んでいた。河本は軍人時代のつてを利用して、経済界に進出したといわれている。

会社は戦後、中華民国政府に接収されたが、河本は最高顧問として残った。しかし、一九四九（昭和二四）年中国共産党との内戦で国民党軍が敗退、河本は四月二十六日、戦犯として収監され、一九五五（昭和三〇）年八月二十五日、太原戦犯管理所で病死している。華子も河本逮捕の直後に収監されたが、一九五六（昭和三一）年七月に起訴免除となり、釈放されて帰国した。その後は日中貿易の仕事を続け、文革時代には中国生活を体験している。

母親は華子が収監されてからしばらく太原に残り、衣類や食料を差し入れしていたが、華子が釈放される前に帰国している。河本が病死したあと、静子の実家に河本が生前着たというモーニングコートが届いたという。華子は、のちに功が中国料理店「你好」を開くと、しばしば店を訪れ、故郷の味を楽しんだ。

新中国建国後、戦犯として中国当局に拘留されていた日本人は千六十九人いたが、河本のように、収監中に死亡した戦犯が数人いた。五六年四月の全国人民代表大会常務委員会が「近年来の両国人民の往来および〈戦犯自身の反省と悔悟に〉鑑みて、戦犯を寛大に扱うことを決めた」ことを受けて、五六年六月、最高検察院は拘留中だった千六十二人のうち四十五人のみを起訴、残りは起訴猶予になった。これらの元戦犯は直ちに釈放され、第一陣が九月に興安丸で舞鶴に向かった。

第三章 飢餓の中で

サッカー選手として上海の全国大会に出場した。
前列右から2人目が功（1957年12月）

劉承雄

功たち家族は父からもらった金を銀行に預けた。だが、ソ連の侵攻後、貯金の引き出しはできなくなり、一家は途方にくれた。

功らの家にもソ連兵がやってきて、土足で上がり込んだ。家には彼らが欲しそうなものはない。ソ連兵は、畳を持ち上げて隠しているものはないかと物色した。何も見つからない……。この家は貧乏で略奪する物がないと分かると、彼らは舌打ちしながら去って行き、その後ソ連兵が姿を見せることはなかった。近所の中国人は「何か困ることがあったら、協力しますよ」と言ってくれた。

しかし、この家にとどまるのが不安だと思った芳子は、一家で旧市街の自分の母の家の小さな小屋に身を寄せた。「コンパル」はそのまま住む人がないまま放置されたが、中国解放後、政府によって接収され、功らの手に戻ることはなかった。

功はこのあと旅順郊外の農村に住んでいる母の妹、劉芳蘭の家にかくまってもらった。

それまで功は全く中国語が話せなかった。母（中国名・劉芳貞）は家でも日本語を話さず、功ら子どもに「日本語は忘れなさい」と言い続けたが、なかなかうまくならないため、功は焦った。功は母と相談し同じ姓を使って「劉承雄」という名前にして、中国人として生きることを選んだ。それは日本人から中国人に生まれ変わったようなものだった。弟たちも、それぞれ劉という姓の中国名を名乗った。

功をかくまってくれた芳蘭は功を自分の子どものように慈しみ、丁寧に中国語を教えてくれた。

功は十二歳になると、母の元に戻ることにした。病身の母を支えて生きていかなければならなかったからだ。息子が戻っても芳子は病身をおして、掃除婦として働き続けた。

テレビで途上国の子どもたちが、ゴミの山を漁っている様子が映し出されると、功はかつて自分も同じ境遇にあったことを思い出す。

日本でも終戦後、鉄くずを拾う子どもたちの姿が新聞の写真に載ったが、旅順でも子どもは生きるために働いた。功が母の住む家に戻ると、旅順の中心街はソ連兵であふれていた。敗戦前の旅順は、人口十四万二千人のうち、日本人が一割近い一万三千五百人いたといわれる。しかし、ソ連軍は技術者と医師以外は隣接する大連へ強制移住を命じ、日本人のほとんどが姿を消し、代わりにソ連軍の兵士や家族が入ってきた。彼らは燃料として石炭を使い、その炊き殻をゴミ捨て場に捨てた。それを拾うのが少年の功と章夫の日課になった。

旅順では石炭ガラの山からコークス状になったものを拾い、市場に持っていくと、多い時には二角（一角は現在の一・五円程度）で売れた。その金でピーナツとあめを買ってソ連軍のいる所で売り、もうかれば「ヘレバ」（ロシア語の黒いパン）を買って、弟たちに食べさせた。

ゴミ捨て場にはジャガイモの皮やキャベツの外側の葉、パンの耳などが捨ててあった。それらは家に持ち帰り、大豆の絞りカスとともに家族で食べた。だが、それでは十分な栄養は取れない。偉雄の腹は大きく膨んでしまい、動くことができないほど弱ってしまった。浮腫という皮膚の下に水がたまる栄養失調特有の症状だった。

偉雄だけではなかった。冬になると芳子も過労で倒れ、寝込んでしまった。ナマズが疲労回復に効果があると聞いた功は、凍った池に行き苦労してナマズを三匹取り、煮込んで母に食べさせた。それを三、四回続けると母の体は動くようになったが、働くことはまだできない。

そんな芳子の窮状を見かねた知り合いが、小さな弘行と偉雄を誰かに譲りなさいと勧めた。芳子がこれを受け入れて二人を預けていたら、功の弟たちの運命は変わったはずである。

「家族が減って、生活が楽になる」という話は仲介の人を通じて進んでいた。大きな誘惑だったに違いない。芳子がそれを承知すれば、黄という金持ちの農家のおばさんが十五キロのトウモロコシと引き換えに二人をもらっていくということまで話はできていた。黄おばさんには子どもがなく二人を私にくれないか、と迫ってくる。しかし、芳子は涙ながらにそれを断った。

「生活がどんなに苦しくても、子どもは人には渡しませんよ。私たちはいつも一緒です。食べ物がなくて死ぬことになるのだったら、みんなで死にますよ」

そんな母を功が支え、苦しいながら一家は離れることなく生活を続けた。そして三年が過ぎた。

家族にとってそこまでが限界だった。家に残された物は売り尽くし、残った芳子の金の指輪も市場に持っていくとたたかれてしまい、トウモロコシの粉でつくったパン二個しか換えてもらえなかった。

龍平からは全く連絡がない。やむなく芳子は、知人の紹介で中国人の劉述芝と再婚した。芳子は龍平とは生きて会うことはないと自分に言い聞かせ、貧乏な劉と生活を共にすることにしたのである。

それに対し、功は「仕方ない」と思った。このままだと飢え死にしてしまう恐れがあったからだ。

旧満州では、開拓団の夫が召集されたあとシベリアに抑留され、生きていることを知らずに、夫は死んだと思い込み中国人の妻になった中国残留婦人が多数存在した。

その一人に瀋陽市在住の葉山寿恵子がいる。熊本県人吉市で生まれた葉山は一九四〇（昭和一五）年、二十歳のとき大陸の花嫁として佳木斯《ジャムス》の開拓団の夫の元へ嫁ぎ、三人の子どもを産んだが、三人とも発疹チフスで死んだ。夫は応召し、葉山自身もチフスになって難民収容所で終戦を迎えた。夫が死んだという話も聞き、病気を押して皿洗いの仕事に出た。「病気の体ではとても帰国はできない」と思い込んだ葉山は、仕事を通じて知り合った中国人、王洪銘と結婚した。二人の間には四人の子どもができ、孫も六人になった。

一九七三（昭和四八）年、熊本県庁から「日本に帰る希望はないか」という一時帰国を打診する連絡があった。前年の日中国交回復で残留婦人も日本側と連絡をとることができるようになり、葉山も人吉の実家に中国で生存していることを伝えていた。一九七五（昭和五〇）年七月、葉山はこの通知に応じて三十五年ぶりに日本の土を踏んだ。人吉市の実家に向かう車中で、姉から夫がシベリア抑留後に人吉に引き揚げ、日中国交回復の年まで生きていたことを聞かされた。

県庁では係官からつらい仕打ちを受けた。「戦争がなければ、私みたいな残留者は出ないはずだった」と話すと、係官は「あんたは好きで中国に残ったのだろう。戦争のためにあんたがこうなったのではない。あのとき（終戦後）、どうして帰ってこなかったのか」と冷たく言い放った。

日本政府は、戦後の長い期間、「中国残留婦人は中国人と国際結婚しており、日本へ帰国希望を持つ人は少ない」（厚生省引揚援護局）という見解を持ち続けており、熊本県庁の係官にもその意識が浸透していたのだろう。それに対し、葉山は黙ったまま唇をかみしめた。

「そんなことを言われても、帰り方も分からなかったし、生きるのに精いっぱいだったのです」と、葉山は瀋陽を訪れた筆者にその時のことを思い出しながら悔しそうに語り、涙を流した。

結局、葉山は生きて日本人の夫とは再会できなかった。葉山ら中国残留婦人は、戦争に翻弄された人生を送らざるを得なかった。日本人と結婚した芳子もその例外ではなかった。

功ら四人の兄弟に養父ができた。しかし、養父ができたからと言って、生活が格段によくなったわけではない。養父の劉述芝は模範労働者（正式には労働模範。生産や技術開発で優れた成績を収めた者で、中国政府から称号が与えられる）に選ばれるほど、真面目で腕のいい大工だった。酒が大好きで毎日五〇度以上と度数の高い高粱酒（白酒）を飲んでいた。それは、四人も子どもがいる芳子をもらった苦労を忘れようとしたからなのかもしれない。

裕福とは全く縁のない生活だった。養父と芳子との間には功の異父弟妹として、劉彩雲（日本名・美恵子、現姓・鷹田）、劉彩鳳（同・英理子、現姓・山崎）、劉承順（同・五郎）の三人が生まれ、一家は九人の大家族になったから、生活が楽になるという見通しはつかない。

十四歳になった功は土木作業員として働き始めた。それは一九四九（昭和二四）年の旧二月二日のことだった。

外は雪が降っていて寒かった。履いている布製の靴は先の方が破け、靴下がないため親指が外に出ている。持っていた衣類も少なく、芳子は薄着で働きに出る功を心配顔で見送った。

旧満州ではソ連軍に代わるようにして共産党の八路軍が進攻し、国民党軍との間で激しい内戦を繰り広げていた。旧満州は全中国の重工業の九〇％を超える生産をしていたから、共産党、国民党双方にとって極めて重要な意味を持つ地域だった。

ここでの内戦は共産党軍の勝利に終わり、全国的にも共産党が手中に収め、新中国の誕生へと進んでいく。八路軍は「パーロ」と呼ばれ、大衆のものは針一本、糸一筋もとってはならない、女性をからかわない、捕虜をいじめないなどの「三大規律八項注意」という厳しい規律を持った軍隊だった。強奪や強姦など、凶悪ともいえる行為を繰り返したソ連兵との違いは大きかった。中国を解放した共産党による中華人民共和国が誕生したのは一九四九（昭和二四）年十月一日で、ソ連赤軍が旅順から正式に撤退したのは一九五五（昭和三〇）年五月二十六日のことである。

夜鬼

功は大人の中に入り、黙々と働いた。大人の労働者とともに二人で百キロ近い荷物を担ぎ、五十メートルも運ぶこともあった。背が小さいため相手の人には迷惑をかけまいと懸命に働いた。そんな功の面倒をみてくれる人もいた。名前は忘れてしまったが、五十歳を過ぎたと思われる人は一緒になると功を気遣い、自分の方に荷物を多くして功の負担を軽くしてくれた。優しい顔の寡黙な人だった。

土木作業員として一日働いても、カビが生えたような腐りかけたトウモロコシ一キロとわずかな金しかもらえなかった。手足や体は痛い。夜、布団に入ると、功は家族の誰にも気付かれないよう涙を流した。

共産党と国民党による内戦に決着がつき、毛沢東率いる共産党によって新中国が建国されていたから、功はこれで暮らしが少しはよくなるかと思った。だがその期待はむなしく、一家の生活は依然苦しいままだった。思い余った家族は、養父の故郷の農村で、旅順郊外の北劉家村に引っ越しすることにした。

引っ越し先は、以前功が中国語を覚えるためにかくまってもらった叔母の家の近くだった。家族は畑を借りて野菜を作った。収穫した野菜は、功が肩に担ぎ十キロも離れたソ連の軍人住宅街に売りに行った。帰りには肥料になる人糞を取ってきた。行き帰りとも辛い仕事だった。

そんな中で弟たちの成長を見るのが功の楽しみだった。特にすぐ下の章夫は成績がよかった。学校でも常に三番以内という成績で、教師も目をかけてくれた。章夫はのちに競争率が高い大連化工学院（大連理工大学の前身）の試験に合格して進学する。卒業後、南京の化学肥料の合成工場に配属され、技師として働く。

功たち家族は中国人としての名前を持っていたが、彼らが日本人を父に持つ日本人であることは知られていた。戦後、肉親とはぐれて中国人として育った中国残留孤児たちは、自分が日本人であることを「小日本鬼子」という悪口で知った人が少なくない。中国残留孤児として半生を送った父親を描いた城戸久枝著『あの戦争から遠く離れて』の中でも、城戸の父親が「この小鬼子め」と罵られる場面がある。

それは、悪魔を意味するもので、日本人に対する蔑称だ。功と章夫の二人を見ると、近所の子どもたちは、「小日本め」と言い放った。

十キロの道を、荷物を抱えて往復する功は体も次第に大きくなり、そんな子どもたちに勢いよく向かって行った。体が小さい頃は、黙って聞き逃していた。けんかをしても負けることが分かっていたからである。だが、体が大きくなると、自信もついてきた。悪口を言う子どもに向かって行き、相手が何人いても逃げることはしなくなっていた。そんな功を見て、相手の中にはけんかを仲裁し、助けてくれる子どももいた。それが功にはうれしかった。劉示福という名前の少年は、功が心を許す数少ない友だちになった。

こうして功は少年から青年へと成長していく。それに比例して日本語を次第に忘れていった。家族の生活が少し好転したのは功が働き出してからだ。体も丈夫になった功は、大工としての腕を磨くため、建築工場で働きたいと工場長に申し入れ、それが認められた。工場には監督の孫や王という親方がいた。一九五〇（昭和二五）年、十六歳のころのことである。功は布団を背負って家を出て、孫と同じ寮に住み込んで見習いを始めた。

孫は功に辛く当たった。遅い夕食を取ったあと寝ようとする功の耳を引っ張って起こす。

「おい、劉。寝ている暇があったら修業しろ」

仕事場に連れて行き、孫は大工仕事の基礎を徹底して教えてくれた。初めのころ功は「親方はひどい人だ。みんなが寝ているのに、何で私だけ起こすのか」と思った。だが、しばらくすると、功の腕は先輩を追い越し、孫も信頼する一人前の大工になった。孫の指導があったからこそ功の腕は上達し、のちに「你好」を開店する際、自分の手で内装まで仕上げることに役立つ。功は孫をいまでも恩人として尊敬している。

功は一人前になっても仕事場では一番重い物を選んで担ぎ、仕事を早くやるための工夫を続けた。そのひたむきさや工夫の精神は「你好」を開いてからも発揮され、多くの新メニューが登場する原動力になる。

大工になって三年。功は一つのグループを任される組長になった。それでも功は朝一番に現場に行き、夜も最後まで残って仕事をした。そのため功には「夜鬼」というあだ名がついた。これは夜になると出てくる鬼という意味で、仕事の鬼のことを指すという。日本でも昭和の高度経済成長時代に「モーレツ社員」あるいは「企業戦士」という言葉が流行ったが、これと共通する働き方だった。

功の場合、若いこともあって、給料は四十六元（現在の貨幣価値では数万円程度）しかもらえなかった。同じように現場監督の人たちは百元以上もらっていたから、その半分以下で働いていたことになる。それでも、功は黙々と働き続けた。これが日本人として生まれた者の宿命と思い、「仕方がない」と耐えた。

功は一九五六（昭和三一）年、二十二歳のときから三年連続して旅大（一九五一年に大連は金州、旅順と合併して市名が旅大市に変更された。一九八一年に現在の大連市と改称され、旅順は大連市旅順口区と呼ばれている）の優秀な青年労働者に選ばれた。新聞に名前が出て、劉承雄は有名人になり、市の会合や職場の集会で話をする機会が増えた。

そんな功に憧れる女性もいて、しばしば交際を申し込まれた。功はそれをすべて断った。模範労働者といっても、給料はすべて母に渡していたため自由に使える金はなく、女性との交際を考える余裕はなかった。女性たちの何人かは映画のチケットを功の家に持ってきてくれた。いつも代わりに映画に行くのは、弟の弘行だった。

功は中国共産主義青年団（共青団）の支部書記に選ばれたことがあった。共青団は中国共産党の下部組織で十四歳から二十八歳までの優秀な若手を集めて共産主義について学ばせ、将来共産党に入党させ、幹部として活動してもらう組織である。これはいかに功が優秀だったかを示しているといえよう。

一九六二（昭和三七）年三月三日付の共青団委員会の集合写真（男子十一人、女子二人）に自信に満ちた表情の功が写っている。共産党への入党を二回にわたって勧められが、功は申請書を出さなかった。国籍が日本であることから最初からあきらめたのだ。

功が旅順で大工としての腕を磨いたあと、大連の第二建築公司に転職したのはこの写真より四年前の一九五八（昭和三三）年のことである。

共青団支部書記にも選ばれ、活動した。
後列左から2人目が功（1962年3月）

大連

大連は旅順の東側五九・七キロにあり、遼東半島の陸と海の要衝ともいえる大都市だ。元々はロシア人が建設した街で、ヨーロッパ風の街並みをしている。戦前は関東州庁が置かれ、二十万人を超える日本人が住んでいた。中国人のほかに白系ロシア人も多く、ドイツ人、イギリス人、フランス人、朝鮮人なども住む国際都市だった。

関東大震災直後の一九二三（大正一二年）年九月、アナキストの大杉栄と内縁の妻伊藤野枝、大杉の甥橘宗一の三名が憲兵隊によって殺害された事件の首謀者とされ、服役した元憲兵大尉（分隊長）甘粕正彦の後年の自宅は大連の高級住宅街、月見ヶ丘にあった。恩赦で出所した甘粕はフランスに留学したあと満州にわたり、特務活動を続け、一九三九（昭和一四）年、新京（現在の長春）に創設された満州映画協会（満映）の理事長に就任する。家族は大連に残したままだった。ソ連侵攻後の一九四五年八月二十日、甘粕は理事長室で青酸カリを飲んで自殺している。

南山の麓の南山地区にも日本人街があり、満鉄の幹部や軍人の家族が住んでいた。張作霖爆殺事件の首謀者、河本大作も満鉄理事時代、この地区に住んでいたという。

現在の大連は一九八四（昭和五九）年からスタートした「大連経済技術開発区」政策によって超高層ビルが林立し、中国経済発展の象徴のような大都市になっている。

一方、戦前の大連はマメ科の落葉高木、アカシア並木で知られる美しい街だった。この街で生まれた、作家で詩人の清岡卓行は、第六十二回芥川賞（一九七〇年）を受賞した小説『アカシヤの大連』の中で、美しい街の姿を抒情あふれる筆致で描いた。だが、功は大連の街の美しさを楽しむ余裕はなく、ただひたすら働く毎日だった。

功は移り住んだ大連で第二建築公司の職人になった。当初は家具を作っていたが、その後建築現場で働く。最初に住んだのは沙河口区春柳にある元々は石炭会社の寮で、四階建ての四階の角部屋だった。功が勤める建築公司の寮にもなっていて、六畳と八畳の寝室と隣の家と共用の台所、便所があった。ここに学校の寮に入った章夫と偉雄を除いて養父、母、功と四人の弟妹たち合わせて七人が住んだ。偉雄は家族の生活が苦しいことを知って、難しい試験に通って入った大連医学院を二年でやめ、仕事に就いた。弘行は大連鉄道学院を出て鉄道の車両工場の技術者になる。

功は大連の四つの木工場が競うコンクールに自分が所属する工場の代表として参加し、建物の窓枠をつくるコンクールで優勝したこともある。道具は、功が最初に弟子入りした旅順の親方が貸してくれた。親方の道具は日本製で、使いやすかった。

工場の成績優秀者は、大連に隣接する金州にある建築の専門学校に派遣され、勉強をする機会が与えられた。功にもそのチャンスが来そうになったが、幹部の判断で握りつぶされた。日本人だというのがその理由だった。その悔しさはいまも忘れていない。

功はこのころから料理も積極的にやり出し、職場で知らない人はないほどうまくなる。自分でも料理が好きなことを実感し、家の料理当番も率先してやった。人に頼まれると断れない性分で、職場の若い人が結婚するときには家具をつくってやった。テーブル、タンス、ベッドなど、若い後輩の希望を聞いて功がつくる家具の種類は増えた。材料は結婚する人たちから出すのが普通だが、場合によっては功自身が提供した。そうしたカップルは覚えているだけで三十組近い。

あるとき功の知り合いが丸太を貨車で運んだ帰りに羊をどこかから手に入れ、家に帰ったあと、その肉を持ってきてくれたこともある。ちょうど後輩の結婚式の披露宴があり、その料理作りも担当した功は、ひき肉にして片栗粉をまぶして豪華そうな肉料理をこしらえた。当時、肉はなかなか手に入らないため、みんなに喜ばれた。

日曜も忙しくて、体を休める暇はない日が続いた。「你好」が年中無休なのは、そうした青年時代からの習慣を引き継いだともいえる。この当時、大連の街を散歩する余裕もなかったから、この街の美しさに功は気づかなかった。

功は料理以外に小さい頃からボール遊びが大好きだった。テニスボールやソフトボールなどのボールでよく遊んだ。ある日、いつものように道路でボール遊びをしていたとき、ボールが日本人が営む近所の下駄屋の窓ガラスを壊してしまったことがあったが、父が怒ることもなく見守ってくれていたことを今でも思い出す。

そんな功がのめり込んだのはサッカーだ。勤務先のサッカークラブでの活動が始まりで、大連市内の大会でも活躍し、それが認められたのだ。

現在、中国も世界のスポーツ界と同様サッカーの人気が高くなってきて、クラブチームには世界のトップ選手が高額の契約金で加入し活躍する時代になっている。だが、中国ではサッカーは近年まではマイナースポーツで、FIFA（国際サッカー連盟）ワールドカップの本大会も日本と韓国が共催した二〇〇二（平成一四）年大会に出場（一次グループリーグで敗退）したのみだ。一九五八（昭和三三）年に台湾のサッカーチームの呼称をめぐってFIFAを脱退、一九七九（昭和五四）年に再加盟するなどの問題もあって、スポーツ大国・中国でサッカーは世界のサッカー熱とは別次元の環境下に置かれた。

功が大連市の選抜メンバーとして選ばれ、上海で行われた全国大会に参加したのは一九五七（昭和三二）年十二月のことだ。さらに功は、五八（昭和三三）年八月一日からスタートしたスポーツ選手の技能水準の五ランクの上から三番目の二級運動員の資格を得ている。

このランク付けは社会主義国中国ならではのもので、上から①運動健将（国際級）＝国際大会で活躍した選手、同＝各種国際大会で入賞（八位以内）レベル②一級運動員＝各種全国大会で入賞（八位以内）レベル③二級運動員＝各種省大会で入賞（八位以内）レベル④三級運動員⑤少年級運動員——となっている。中でも運動健将は最高名誉として、終身制の称号だ。

運動員となる必要条件は、運動能力だけでなく、中国国民として生産、工作、学習を好み、政治に対する考えがよく、スポーツマンシップに優れている者とされている。資格を得ると、その証書とともに徽章が授与される。

功がサッカーを始めたのは十六歳からだった。最初はフォワードで走り回り、身長百七十センチ、体重七十八キロという当時としては立派な体格だったこともあり、のちにはゴールキーパーもやった。多い場合、一日で三試合もやり、へとへとに体は疲れたが、ボールを蹴ることで嫌なことも忘れた。功は大連ではちょっとした有名人になっていた。

第四章

吹き荒れる嵐

結婚直後のころの功夫婦
（白玉山塔の前で、1960年ごろ）

花嫁

「お前、そろそろ嫁をもらえ」

功が近所に住んでいた知人から結婚をするよう言われたのは、サッカーの全中国大会から帰った直後だった。それに対し、返事を遅らせていた。結婚して妻に苦労をかけずに生活する自信はなかった。そして半年が過ぎ、春になった。

功が仕事から帰ると、家の前にみすぼらしい女性が立っている。ぼろの綿入れのような色あせた着物をまとっている。その女性は目が澄んでいた。功はだれなのか分からないが、好印象を持った。それが王建英（来日後の英子）だった。

建英の家は旅順市内の農家で、決して貧しくはない。だが、建英は質素を好んだ。だから、結婚を勧められ、相手に会うときでもふだんの姿を貫こうと思ったのだという。功が呆然と立ち尽くしていると、結婚の話をしてくれた知人がやってきた。

「これがお前の相手だ」

建英は頭を下げたが、言葉は発しないまま、持ってきた鶏の卵を置いて帰って行った。功は建英の第一印象を、この人なら、貧しいわが家にきてもらって助けてくれるだろうと思った。

この後も、建英はしばしば功の家にやってくる。土産は必ず卵だった。口数は少ないが、少しずつ二人の間に会話が成り立つようになり、功の方から建英の家に遊びに行ったこともある。建英は旅順の化学工場に勤めていたから、二人が会うのは日曜日に限られていた。二人の交際は三年間続き、功は建英に結婚を申し込み、建英はそれを受けてくれた。二人が夫婦になったのは一九六〇(昭和三五)年五月二日だった。功があと二カ月で二十六歳、建英が二十四歳のときのことである。功は新妻に対し、自分の国籍が日本にあることを黙ったまま結婚した。建英がそれに気づくのは数年後の文化大革命のころのことである。これについては次の「文革」の項で書くことにする。

結婚式は職場の友人ら二十人を集め自宅でささやかにやった。肉も魚もないから、みんなが闇で手に入れた魚の缶詰を持ち寄って、それを肴に酒を飲み、爆竹を鳴らした。質素な結婚式だったが、功はいまでも輝いた時間だったと思う。現代の日本は何でもそろっている。だが、あれほどうれしい時間を送ったことはない。

新中国成立前、金持ちや身分の高い階層は、ふんだんに金を使って豪華な結婚式を挙げていた。それに対し、食うことにも困り妻を娶ることさえできない農民も少なくなかった。新しい中国になっても旧習は残っていたが、結婚事情は好転した。式場を職場の会議室にする場合もあり、功のように自宅で催すことも珍しくはなかった。

同じ年、日本では激しい反対運動の中、日米安保条約改定案が岸信介率いる自民党の強行採決によって成立している。国民的反対運動の高まりの中で、全学連主流派の学生デモ隊が国会構内で警察隊と衝突、デモ隊の東大生樺美智子が死亡する六・一五事件が起きている。岸内閣は日米安保条約改定案が国会を通過した後に総辞職。池田勇人が後任首相となり、所得倍増政策を打ち出す。一九六四（昭和三九）年十月には、東京で第十八回夏季オリンピック大会が開催され、日本は経済の高度成長へと突き進んでいく。戦争で負けた日本がそんな歩みをしていることは、功には想像もつかないことだった。家族の間でも日本のことを口にすることはなかった。

功と建英が結婚した前々年の一九五八（昭和三三）年から、中国では共産党の指導者（国家主席）、毛沢東の提唱による「大躍進運動」が始まっていた。その直前の一九五七（昭和三二）年には反体制派の人々を摘発する反右派闘争（整風運動）があったばかりだった。多くの人たちが右派という烙印を押されて辺境での強制労働に追いやられ、仕事を奪われた。さらに中国全体を揺るがす政治運動が続いたのだ。

大躍進運動は中国を第一級の近代国家にすることを目的に、経済の指標である鉄鋼の生産量を増やそうと、全国民を督励して鉄の生産を進めた政治運動だ。「鉄はすべてに優先する」とされ、鉄鋼生産量を一九五七（昭和三二）年の五百三十五万トンから、五八（昭和三三）年にはその倍に当たる千七十万トンとする目標が示された。このためには専門技術者だけでなく、全人民が生産に当たることが求められ、単位（職場）ごとに厳しいノルマが課せられ、全国民がその達成に向けて鉄の生産に取り組んだ。

だが、素人の手による「土法炉」といわれる土で盛った急ごしらえの炉で生産されたものはほとんど鉄くずであり、他の工業や農業生産に大きな影響を及ぼした。

南京の化学肥料工場に勤務していた章夫は、大躍進運動のことをよく覚えている。工場の命令で炉をつくった。家から鉄なべを運んで炉に入れたりした。工場によっては水道管の一部を切って炉に入れたという。だが、できたのはまさにくず鉄だった。技術に詳しい章夫は「最初から出来っこない。何てばかなことをするのだ」と思っていたが、それを口にしたら、大変なことになるのが分かっていたから、黙ってくず鉄づくりに取り組んだ。

当時、「一〇七〇」（鉄鋼生産量の目標）や「アメリカに追いつき、イギリスを追い越せ」というスローガンが町中にあふれていたことも、昨日のことのように覚えている。

毛沢東は農民の集団化を強制する人民公社を一九五八年に組織化した。そして土地だけでなく農機具も共有させ、農民は共同生活をすることになった。これが裏目に出た。自分の土地なら懸命に働く農民は、働いても働かなくとも入ってくる金は一緒と知って、農作業に出ても働かず、昼寝をする始末だった。これによって農地は荒れ果て、当然収穫もない。追い打ちをかけるように、洪水や干ばつといった自然災害も発生し、大飢饉となった。未曽有の食料危機が中国の庶民を襲い、餓死をする人が全国で続出、大躍進運動は六一（昭和三六）年に頓挫した。

四川省に生まれ、少女のとき文化大革命に遭遇し、紅衛兵となり、下放も経験したイギリス在住の作家、ユン・チアン（張戎）は、著書『ワイルド・スワン』の中で、当時住んでいた成都では成人一人、一カ月当たりの配給食糧は米が九キロ弱、食用油百cc、肉百グラム（それも、配給すべき食糧があるときの話）しかなく、そのほかにはキャベツ一つ手に入らず、栄養失調で浮腫にかかる人が増えたと書いている。功の弟の偉雄も、幼いときこの症状に悩まされたことは既述の通りだ。ユン・チアンは大飢饉の救済活動に当たった党職員から聞いた話として、四川省全体の餓死者は「七百万人に達したらしい」とし、さらに中国全体では「三千万人と推定されている」と記している。

建英が功に嫁いだのは新中国の試行錯誤が続いていた時代で、二人は貧しい生活に耐えなければならなかった。それまでの七人に建英も入れ、八人家族である。配給の食糧も少なく、いつも飢餓状態にあった。主食はトウモロコシを粉にしてつくった麺や焼きパン、肉まんだが、トウモロコシの配給が少ないためすぐになくなってしまう。

それを補うため建英は毎日山と海に行って、苦菜《にがな》（タンポポ）、アカシアの花などの野草やコンブなどの海藻を取ってきて、それらを食料にした。当時の大連の一カ月の配給は、功の家族でトウモロコシ十八キロ、食用油百五十CC、肉二百五十グラムだったと功は記憶している。これに対し、大連を出て南京に住んでいた章夫は「もっと少なかった」と言っている。地域の実情によって配給量が異なっていたのかどうかは分からない

功と建英は長女恵子（一九六四年生まれ）、長男毅（一九六六年生まれ）、次男勉（一九七一年生まれ）の三人の子どもに恵まれた。当然のことだが、三人は中国時代、中国名（恵子＝劉恵華、毅＝劉毅、勉＝劉旭）を名乗っていた。

功は建築公司に頼んで、同じ沙河区にある寮の一室に移り住んだ。功夫婦と子どもが独立する形で引っ越したのだが、あまりにも狭かったので二カ月で三軒目の家である四階建ての建築公司の寮の三階に移った。ここも六畳程度の一間と台所しかない狭い部屋だった。功夫婦は共稼ぎで家を留守にすることが多かった。この部屋で日本へ帰国するまで功一家は生活するのだが、毅は幼いときに建英の両親に預けられ、家族とは離れて生活していた。恵子も結婚間もない功の妹の英理子の家に世話になることが多く、二歳違いの弟の存在は忘れてしまった。

功と建英夫婦は大連時代、子どもの洋服一枚買った記憶はない。中国には「新しいものは三年、着古して三年、繕い縫ってまた三年」ということわざがある。建英はそれを実践した。功も建英も娯楽らしいことには全く縁がなかったと、中国時代を振り返っている。

文革

大連の職場で落ち着いた生活をしていた功の日常が、大きな政治潮流によって変わった。大躍進運動が終わってから五年後に始まった文化大革命（文革）である。中国近代史の中でも多くの国民を巻き込み、絶望に追いやった政治闘争だった。大連に住む功たちも十年に及ぶ政治闘争の中で、身を縮めながら生きた。

米国在住の中国共産党史研究者の高文謙は著書『周恩来秘録』の中で、「文化大革命は、二〇世紀の人類史上における鬼っ子だった」と書いている。鬼っ子とは「①親に似ない子②鬼のように荒々しい子③歯がはえて生れた子」（広辞苑）という意味だが、ここでは②の「鬼のように荒々しい子」が当てはまるようだ。高は、文革という鬼っ子は「中国の高度な中央集権の専制体制と毛沢東の個人的意思が結びついて生まれたものだった」と指摘している。毛による個人的意思は、十年に及ぶ政治の嵐が吹き荒れる事態を招いてしまう。

半世紀以上前に遡る。新中国の指導者、毛沢東は大躍進運動の失敗で一九五九（昭和三四）年四月に国家主席を辞任（共産党中央委員会主席は継続）し、劉少奇や鄧小平ら実務家（実権派）に中国のかじ取り役を奪われ、党内で実権を失いかける。

焦った毛は劉らから実権を取り戻すべく、文革を発動した。その前段として一九六五（昭和四〇）年十一月十日、上海の日刊紙「文匯報」が一つの論文を掲載した。

のちの四人組の一人で当時文芸評論家だった姚文元が書いた北京市副市長で歴史家、呉晗を批判する論文である。その内容は、呉晗作の京劇の脚本『海瑞罷官《かいずいひかん》』（海瑞の免官）が、大躍進運動をプチブル的熱狂だと一九五八（昭和三三）年八月の廬山会議（中国共産党八期八中全会）で強く批判した国防部長彭徳懐を毛沢東が解任したことに対する風刺だというのである。

この論文をきっかけに毛は動き出す。姚は続いて呉晗、鄧拓（党北京市委員会委員）、廖沫沙（北京市統一戦線部長）の三人による共同著作『燕山夜話《えんざんやわ》』や『三家村札記《さんかそんさつき》』も党を批判する反動的作品と決めつける論文を書く。その狙いは三人の背後にいる北京市長、彭真であり、さらに党中央の実権派の指導者劉少奇、鄧小平を失脚させることだった。

日本ではこの動きについて当初、「文芸整風運動」（批判と自己批判を核とする中国共産党の党員教育、党組織の整頓、党の気風刷新を狙いとした運動）だとする見方が有力だった。だが、それは見当外れだった。呉晗論文批判は彭真の解任（六六年五月）に拡大し、プロレタリア文化大革命という一大政治闘争（権力闘争）へと発展したからだ。毛は五月十六日、文革の基本的内容の「五・一六通知」を出し、八月には中共八期十一中全会で「プロレタリア文化大革命の決定」が採択される。

これ以降、毛の妻の江青らによる中央文革小組が文革の前面に出てこの運動を指導する。劉少奇、鄧小平の失脚、毛の後継者といわれた林彪の背信と逃亡途中の死という激動を経て江青、張春橋、王洪文、姚文元の四人組が逮捕され、文革が終焉するのは十年後の一九七六（昭和五一）年十月のことである。

死を免れた鄧小平が不死鳥のように復権し、中国を経済大国に導くのだが、下放労働（労働を通じた思想改造）のために送られた江西省の農村の工場に紅衛兵の姿がなかったことが幸いした。鄧は三年余、工場の仕事に黙々と取り組んだというが、ここに紅衛兵がいたなら彼の運命は変わっていたはずだ。その意味でも鄧は強運だったといえる。

文革の嵐を功の家族も避けることはできなかった。

功は、それまで大事にしてきたたくさんの写真を燃やした。紅衛兵が家の中に踏み込んできて日本とのかかわりを示すようなものを見つけたら、何をされるか分からない。龍平からもらった貯金通帳も残してあったが、日本語が書いてあるものは危険だというので燃やしてしまった。

功を救ってくれたのは、工場長だった。功が働いている大連の第二建築公司でも、文革が始まると、功の昇進を快く思っていなかった人間たちの手で、二万人の職場に「劉承雄は日本のスパイだ」という壁新聞が数多く張られた。功がひそかに数えてみると、その数は公司の中で三番目に多かった。功は自分が日本国籍であることを同僚たちに明かしたことはない。ごく少数の幹部が知っているだけのはずだった。だが、若くて腕のいい功に嫉妬を抱く同僚は多く、いつの間にか功が日本国籍であることを調べ上げたようだ。

造反派による走資派（資本主義に走る考え方）を追及する討論会が開催された。しかし、工場長が終始、功をかばい続け、打倒の対象にはされなかった。

文革が吹き荒れるある日、建築公司で群衆大会が開かれ、軍事管理委員会（文革の管理部門）の指導者がこう宣言した。

「劉は走資派ではない。模範労働者だ。劉の産毛一本でも触ってはならない」

そして騒ぎ始めた造反派を説得した。それが功を奏したのか、直接功に対し「あいつは日本人だから、敵だ」という声は出なくなった。それまで「劉はつるし上げるべきだ！」という強い意見を述べる若者もいたが、日ごろひたむきに働く功の姿を見ている職場の人たちは、その声に同調しなかった。それでも功は「いつかはやられるのではないか」と、文革が続いている間、落ち着くことはなかった。帰りは心配した同僚が功を一人にせずにいつも一緒に帰り、造反派から襲われるのを守ってくれた。功は第二建築公司の寮に入っていたからこの騒ぎは妻の建英も隣人から聞いて、夫が日本人であることを初めて知ったという。

文革では階級闘争と称して出身階級を分類し、悪い階級は「黒五類」（地主、富農、反革命分子、破壊分子、右派）と呼び、一方、この言葉の対極である良い階級は「赤五類」（革命幹部、革命軍人、革命烈士、労働者、中農以下の農民）として、この階級に属する人々は社会的に優遇された。中国に残る日本人は「黒五類」の中の「歴史的反革命分子」として打倒の対象だったが、功は上司の擁護もあって難を逃れた。

しかも、功は同僚から信頼されていて、彼らは何かにつけて食べ物をくれた。娘の恵子は、幼心に「ほかの家では何もないのに、なぜ私の家には多くの食べ物があるのだろう」と思い、時々父に隠れて友だちにそれらを分けてあげた。功に見つかると叱られたが、平気だった。

功のすぐ下の章夫は頭がよく、大連化工学院まで進学した。卒業後は、南京の化学肥料工場で技師として働いた。文革が始まって、職場に壁新聞が張られ、章夫を批判する言葉が並んだ。章夫もまた兄の功同様「いつかやられる。下放されたらどうしよう」と思い、不安な毎日を送り続けた。しかし、章夫もつるし上げや市中引き回し、下放からは免れた。章夫についても指導者が模範労働者としてかばってくれたのだ。

穏和な性格の章夫は当時を回想して「人間関係を大事にして、うまく動いたことがよかったのかもしれない」と、語っている。

だが、レンガ工場で働いていた偉雄が最大の被害者になってしまった。大連医学院で学んだ知識分子であるとして、偉雄は三角帽子をかぶされてつるし上げの対象となった。「黒五類」

の一人として紅衛兵に目をつけられ、職場の集会で批判を浴び、首に針金を掛けられ血を流しながら、工場内の小屋に監禁されたのだ。

功の妹の美恵子と英理子は母、芳子がつくった肉まんを差し入れるため工場に行った。しかし、会うことは許されず、肉まんは真ん中から割られ、捨てられてしまった。中に日本からの手紙が入っていないかなど、スパイの疑いはないかどうかチェックされたのである。英理子は、こんな文革時代を振り返って「人生の中で一番苦しい時代だった」と述懐している。

偉雄はこのあと三角帽子をかぶせられ、市中を引き回された。さらに大連から西へ八十キロ離れた農村、庄河《ジュアンホー》（荘河）県の人民公社で下放労働をすることを強いられた。庄河は大連と丹東の中間にあり、偉雄が下放労働をしたのは、稲作やトウモロコシの栽培が中心の農村だった。鄧小平も下放されたことは既に触れているが、偉雄の場合、下放労働は十年に及んだ。その年月、功は年に数回、自転車のペダルをこぎ続け三、四時間をかけ偉雄がいる人民公社を訪ねた。文革の時代でも中国はコネ社会であり、功はつてを頼った。渋っていた相手も、功からたくさんの野菜をもらうと、こっそり偉雄の下放先を教えてくれた。そしてこんなことを付け加えた。

「私から聞いたことは決して口外しないこと約束してほしい。下放先に行って驚かないでください」

功は早朝、暗いうちに自転車で出発しひそかに下放先を訪ねた。ようやく下放先に着くと、真っ黒に日焼けした偉雄がいた。豚小屋のような小さく不衛生な家に、一緒に下放された当時学生で、のちに妻になった劉淑珍（日本名・和子）と住んでいた。二人はネズミも捕まえて食べるほど食料に困っていて、功が持ち寄る食料を拝むようにして受け取った。

当時の中国政府が若者たちを下放労働に従事させたのは、以下のような背景があるといわれる。

一九六六（昭和四一）年、文革の影響で大学の募集業務が停止になった。そのため、六八（昭和四三）年までの三年間に一万人以上の高校卒業生の進路が決められない事態になった。これらの不安定な状態にある若者たちが紅衛兵として活動した。この活動をやめさせるためには、若者たちの働き口を見つける必要があった。だが、都市部では文革の混乱で生産が落ち込み、就職先は限りがある。そして、出てきたのが「上山下郷」（山に分け入り農村に行こう）運動だった。こうして都市部の学校を卒業してから農村や工場行って働くことは「下放」とも呼ばれた（久保亨著『中国近現代史④社会主義への挑戦』）のである。

功が中国と日本の国交が回復したと聞いたのは、一九七二（昭和四七）年十月の国慶節の最中のことだった。職場の上司がラジオで聞いたことを教えてくれたのだ。その放送は「わが国の周恩来首相と日本の田中角栄首相が、両国の国交正常化の共同声明に調印した」と報じたというのである。

この上司は、功が日本人であることを知りながら、文革中かばい続けてくれた。知り合いの日本人は「これでいつかは日本に帰ることができる」と喜んだが、功は国交回復がいいことなのかどうかは判断できなかった。現実に中国では文革が続いており、大きな声で「私は日本人だ」といえば、自分だけでなく家族にも危害が加わると考えた。

南京の章夫は、職場の幹部だけが読むことができる日刊新聞「参攷消息《さんこうしょうそく》」（参考消息）で日中の国交回復を知ったが、職場ではそのことを決して話題にしなかった。そして、偉雄は日中国交回復の恩恵を全く受けることはなく、下放が長期に及んでも大連に戻る見通しが立たなかった。

第五章　二つの祖国

功の帰国を待ちわびた父親の龍平
（1981年ごろ）

父

功が父と別れ長い年月が過ぎた。だが、いつになっても父親からは何の連絡もなかった。父の思い出も少しずつ頭から消えていく……。功は、父は死んだと思い込んだ。

一九六六（昭和四一）年四月のある日、功のもとに手紙とラジカセが届いた。父からだった。日本と中国の間には国交はなかったが、日本政府を通じて送られたはがきは公安を通じて、大連へと運ばれたのだ。中国には人事檔案《ダンアン》という国民管理を目的に作成された秘密文書があった。個人の経歴や思想を徹底して調べたもので、秘密文書とはいえその存在は多くの国民が知っていた。公安は当然、功家族の動向も視野に入れていたとみられ、上部の指示があれば、このような手紙を届けることも可能だったのだろう。

日本に帰国し元気でいること、早く一緒に暮らしたいことなどがつづられている日本語で書かれた手紙を、日本語が分かる人に翻訳して読んでもらった。それを聞いて、功も芳子も泣いた。

功は返事を書くかどうか悩んだ。文革が吹き荒れていて、日本との間で手紙やはがきのやりとりをしていることが造反派に知られたら、スパイだといって迫害される不安があった。功が

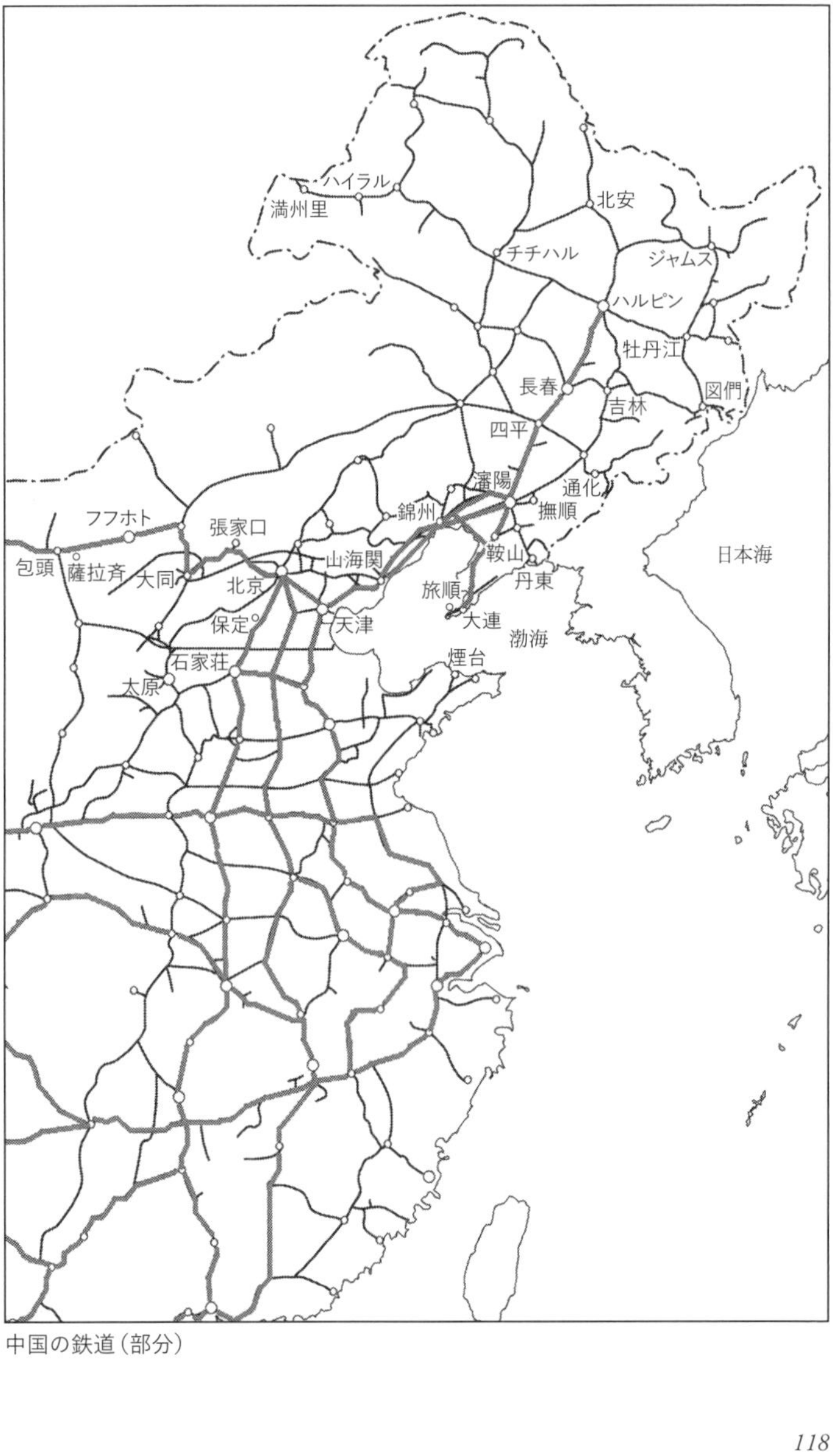
ハイラル
満州里
北安
チチハル
ジャムス
ハルピン
牡丹江
長春
図們
吉林
四平
瀋陽
通化
撫順
錦州
フフホト
張家口
鞍山
山海関
包頭
薩拉斉
大同
北京
丹東
旅順
保定
天津
大連
渤海
石家荘
煙台
太原
日本海

中国の鉄道（部分）

日本人であることを知っている上司に相談すると、「お前はスパイをするような人間ではない。お前を信じているから返事を書きなさい」と、言ってくれた。

しかし、功は日本語が書けない。考えに考えた文章を日本語ができる知り合いに翻訳してもらった。それはスパイと疑われないように自分の気持ちを抑えた、ごく簡単な内容だった。

「手紙が届きました。お父さんが生きていることが分かって、本当に喜んでいます。いつか、できれば会いましょう」

このあと、父からの便りは一時途絶える。日本から出しても、文革の混乱で届けられなくなったからだ。日本の龍平と中国の功らの間で、再会に向かって一筋の光明が見え始めた矢先、文革という暗い闇がその夢を吹き消そうとしていた。便りが届いたとはいえ、親子が再会するまでにさらに九年の歳月を要することになる。

龍平の引き揚げに関する資料が厚生労働省に残っていた。佐世保引揚援護局（当時）の引揚者名簿の中に龍平の名前があった。船内で作成された乗船名簿が残っていたもので、上陸は「昭和二一年一月十二日」、乗船した船名は「C（L）A」、出港地は「不詳」、乗船人員「二百八十名」と書かれている。龍平の筆跡と思われる名簿には「八木龍平　四八、男、商業、健（健康かどうかの質問項目に対する返事か）」とあり、このあと本籍地として松山市、前の住所として綏遠省薩拉斉県城内と記されていた。

また一九五六（昭和三一）年七月二十日付の厚生省（当時）「引揚者在外事実調査票」には、出港地は「塘估《トウコ》港」（天津のこと）、上陸地として「佐世保港」（浦頭港のこと）、船名「不明」、引揚年月日「昭和二〇年十二月二十七日」などとあり、備考欄には未帰還者として「芳子、功、章夫、弘行、偉雄」の名前が続柄・生年月日とともに書かれていた。在外年数は「二十三年七カ月」になっている。

二つの記録が食い違った原因は不明である。

終戦時、海外には旧満州を含む中国、ソ連、朝鮮半島、東南アジアを中心に軍人・軍属、一般邦人を合わせて約六百六十万人の日本人がいた。厚生省の引揚援護庁（のちに援護局、さらに社会・援護局と改編）と、舞鶴（京都府）や佐世保（長崎県）、函館（北海道）など地方援護局が協力して引揚業務に当たった。シベリアに抑留されて亡くなったり、旧満州からの避難途中に命を落としたりして、日本に帰ることができなくなった人も少なくないが、海外からの引揚者は軍人・軍属が約三百十万七千人、一般邦人が約三百十八万九千人で、合わせて約六百二十九万六千人になっている。

龍平の場合、終戦後、どのような経路で薩拉斉から天津にたどり着いたのだろう。

内蒙古の在留邦人は、当時駐蒙軍司令部が置かれた張家口に約四万人、大同周辺に約五千人がいたとみられる。張家口では当時の司令官陸軍中将根本博のもと、八月十五日以降も残った響兵団といわれた独立混成第二旅団（全体で約五千人）が邦人引き揚げのために、兵力が十倍ともいわれたソ連・外蒙軍と戦った。

響兵団の戦いで特に激戦だったのは張家口北方二十七キロの丸一陣地だった。ここでは、参謀である辻田新太郎の指揮で約二千五百人が張家口に迫るソ連・外蒙軍と死闘を繰り広げて前進を阻止、その間に在留邦人四万人は列車で北京経由天津まで避難した。避難民の中には、のちに芥川賞を受賞した作家・画家の池田満寿夫も混じっていた。池田は当時国民学校一年生で、元特務機関員だった父親が召集され、病気がちな母親とともにトラックに飛び乗り、張家口の駅に向かい避難列車に乗った。

一方、大同周辺では、第四独立警備隊（至誠）の兵隊たちが在留邦人の引き揚げに苦闘した。この方面は国民党と八路軍による国共内戦が激しく、大同と張家口を結ぶ京包線の鉄橋が八路軍などによって爆破され、大同に避難した在留邦人は張家口の人たちに合流することはできなかった。

鉄道として利用できるのは、太原→石家荘→保定経由北京→天津へ出る大きく迂回するルートであり、張家口→北京のルートに比べかなり遠距離だったから、五千人の在留邦人は旧満州の邦人と同様、危機的状況に追いやられた。しかし、至誠の兵隊たちも在留邦人を見捨てることはせず、傅作義（中華人民共和国成立後は水利部長、全人代代表）指揮する国民党軍の第十二戦区軍と対峙していた。

紆余曲折があって、第四独立警備隊は山西省太原の支那派遣軍第一軍に合流し国民党軍に降伏し、武装解除に応じ、在留邦人の引き揚げが始まる。ただ、八路軍側の妨害もあって鉄道の不通が相次ぎ、出発の見通しがつかない太原行列車を待って、沿線の街々には日本人の群れがあふれ、乞食同然の生活を余儀なくされる人が続出するなど、この方面の避難者は張家口の人たちよりも辛酸をなめることになる。

このように、内蒙古では在留邦人保護のために駐蒙軍が戦ったのに対し、満州では関東軍総司令官の山田乙三が玉音放送後の八月十九日に武装解除を受け入れ、侵攻してきたソ連軍に投降した。こうした関東軍の方針が、避難途中の人々を巻き込むさまざまな悲劇を生む要因になったことは言うまでもない。

張家口や大同の動きをみると、薩拉斉にいた龍平は日本の敗戦を知ったあと他の邦人とともに張家口まで逃れようとしたとみられる。だが、それは不可能になり、張家口の手前の大同で避難民に合流、行動を共にしたのではないだろうか。

その後、太原から北京経由で天津に何とかたどり着いた龍平は、ようやく帰国の船に乗り、長崎県佐世保市の南部に位置する針尾島浦頭《はりおじまうらかしら》港には一九四五年十二月二十七日かあるいは翌年一月月十二日に到着。国鉄（現在のＪＲ九州）大村線南風崎《はえのさき》駅からの専用列車に乗り、さらに列車を乗り継ぎ故郷の松山に帰り着いたようだ。

天津から佐世保までは四、五日程度だったとみられるが、帰国する人たちが乗った引揚船は様々で、旧日本軍の艦船や民間船舶だけでなく、戦争の相手国だったアメリカのリバティ型輸送船、ＬＳＴ艦（戦車揚陸艦）や病院船まで動員されたという。

龍平は決してすんなり帰国できたわけではない。大同に集まった避難民たちと命を失うかどうかの瀬戸際に追いやられながら励まし合い、北京、天津へとたどり着き、運よく引揚船に乗ることができ、日本の土を踏んだのではないだろうかと想像する。

国立公文書館アジア歴史資料センターの資料によれば、中国本土から復員第一船が天津の塘沽を出港したのは一九四五年十一月十七日というから、龍平は比較的早い時期の引き揚げだといえる。

功が可愛がった犬のタローはどうなったのだろう。犬や猫を連れての避難は不可能だったから、龍平はやむなくタローを薩拉斉の町に置き去りにしたのかもしれない。しかし、龍平は功らと再会後、タローのことは全く話題にしなかったから詳しい事情は分からない。

浦頭には海軍病院の分院があり、戦後は引揚者の検疫所となり、さらに約七キロ離れた厚生省佐世保引揚援護局が置かれた旧針尾海兵団分校で、帰還に関する諸々の手続きをしたという。

かつて、引揚者でにぎわったこの場所は、いまでは日本最大規模のテーマパーク「ハウステンボス」として、佐世保の名所になっている。

引揚船「興安丸」の到着で知られるのは京都府舞鶴港である。京都府の記録によると、一九四六年七月の第一陣のソ連抑留者の帰国から始まって、一九五八（昭和三三）年までに六十六万二千九百二十一人が舞鶴から上陸している。受け入れた帰還者数でみると、浦頭は舞鶴の倍以上の百三十九万人余を記録している。浦頭は帰還者にとって忘れることができない場所なのではないだろうか。

二〇一七年（平成二九）年で戦後七十二年。戦争体験は遠い過去へと去りつつある。しかし、二〇世紀という戦争の世紀にはおびただしい人命が失われ、多くの人々が深い悲しみと絶望の時間を送ったことを忘れてはならない。引揚船では幼な子が亡くなり、水葬される光景が続出した。白い布に包まれた小さな木箱が悲しいラッパの音に合わせて船尾から海中へと消えていく。母親をはじめとして家族の慟哭の姿は多くの帰国者の涙を誘った。

この光景は引揚体験記の中で、特に悲しい思い出として記されている。

当然のことだが、龍平は中国に残した家族のことが心配であっただろう。終戦の混乱で旧満州にいた日本人の多くが犠牲になったという話は四国の松山にも伝わってきたはずだ。だが、龍平は妻子が死んだとは思えなかった。生きて会える日が必ずやってくると、自分に言い聞かせ再婚はしなかった。

龍平は子どもたちのために貯金することを生きがいに、戦後を送った。仕事は何でもやった。中でも長く続けたのは鍛冶屋だった。重労働だったが、そうして貯めた金が十万円になると功、章夫、弘行、偉雄の名前でつくった通帳にそれぞれ二万五千円ずつを貯金した。

その後、六十六歳の時に兄の伊藤権三郎を頼って東京に身を移した。伊藤は東京の大森で製麺の会社を経営し、龍平は兄を手伝いながら家族を捜すことにした。松山よりも引揚援護庁がある東京の方が家族の情報を得ることができるだろうと思ったからである。

龍平は援護庁詣でで、中国に帰るという人とも知り合いになった。帰国先が大連と聞いて、自分の家族を探してくださいと懸命に頼んだこともある。中国から集団で一時帰国した人たちにも家族の安否を尋ね回った。だが、功らの消息はつかめなかった。

中国に太いパイプを持つ国会議員（衆議院）で日中友好協会会長の宇都宮徳馬の仲介で首相の周恩来あてに懇願の手紙を書き続けた。それが功を奏したのは、一九六六（昭和四一）年、中国で文化大革命の嵐が吹き荒れる直前のことだった。

宇都宮は東京出身で、戦後、衆議院議員十期、参議院議員二期を務めている。当初は自民党に所属し、のちに離党して無所属となり、さらに新自由クラブの結成にも参加している。宇都宮の秘書だった松原忠義は、のちに大田区議会議員（現大田区長）となり、功が蒲田に中国料理店「你好」を開くと、偶然にも接点を持つことになる。

再会

功ら兄弟と父親の龍平が再会したのは、偉雄が下放労働に明け暮れていた一九七五（昭和五〇）年秋のことだった。親子が互いの無事を確認してから九年の歳月が流れている。

この年の九月、一通のうれしい便りが功のもとに届いた。父親の龍平が中国に来るというのである。「広州交易会なら会えるようだから、広州に行く。お前たちも必ず来てほしい」という便りだった。世話になっている兄、伊藤権三郎の会社を引き継いだ長男・實が交易会に参加することになり、龍平も同行できることになったというのである。文革の一時期、父からの便りが届かないことがあった。しかし、七〇年代に入ると毎月一回は手紙が届くようになった。

広州は香港に近い華南地域にあり、香港とマカオ間を通り南シナ海に注ぐ珠江の河口の三角地帯（珠江デルタ地帯）の北部に位置する港湾都市である。香港に隣接するという地の利を生かして経済的に発展を遂げ北京、上海に次ぐビジネス都市といわれている。「食在広州」（食は広州にあり）ということわざがあるように、広東料理の本場である。

広州交易会（中国輸出入商品交易会）が始まったのは一九五七（昭和三二）年春のことである。中国商務部が主催し、以降、毎年中断することなく春（四月十五日―五月十五日）と秋（十月十五日―十一月十五日）に開催されている。中国最大の総合輸出商品商談会といわれ、現在は世界二百カ国以上の国・地域から二十万人近くのバイヤー（仕入れ担当）が参加しており、日中国交正常化前から多くの日本人もこのイベントに参加している。

功らが龍平に会うために、大連から広州に行ったこの年は、中国では文化大革命がまだ続き、外国人の入国が制限されていた。だが、交易会だけは別で、日本を含む外国からのバイヤーが数多くやってきていた。

文革は終わっていないが、日中国交回復後、職場の雰囲気もだいぶ変わってきていて、休みも支障なく取れた。弟の章夫、弘行、偉雄も誘った。偉雄も下放先から参加することができた。それぞれ子ども一人だけを連れて行くことにし、功は次男の勉を選んだ。章夫を除く大連組は十月二十七日に大連を出て船で二日をかけ上海まで行き、そこで南京の章夫と合流、列車で広州に向かった。到着したのは三十一日の朝五時半だった。ホテルは父たちが泊まる広州賓館近くの北京飯店で、一泊十五元もした（当時、功の月給は四十六元だったという）。高いと思ったが、功たちは無理をしてここに決めた。

龍平は東京から権三郎の長男の實、三男の毅のほか何人かの知り合いと一緒に日本から広州に向かった。毅は中国料理人のコンクールで優勝したほどの中国料理の達人である。功たちが夕方、広州賓館に行くと父はまだチェックインしていなかった。フロントにメモを残してホテルに戻ると、深夜に到着した旨の連絡が入り、翌日に面会することになった。

十一月一日朝九時十五分、功たちは広州賓館に行った。功は前夜からよく眠れず、この朝も早くから起きていた。父にどんな言葉をかければいいのか考えたが、いい言葉が浮かばない。

落ち着きなくフロントで待っていると、前夜電話で話した實の知り合いの宮沢という女性と石川末吉という男性がやってきて、功らと握手をした。二人の案内で面会に充てられた部屋に行くと、父が立って待っていた。父は功らを見入ると、泣きそうな顔になった。

功ら兄弟は父のところに突進するように駆け寄り、交互に手を握り合った。功は父の顔を見て夢ではないかと思った。三十年ぶりの再会なのだから、掛けるべき言葉が山ほどあるのだが、功らは日本語が話すことができず、龍平は中国語を話せないから、中国語で語りかけても理解できない。宮沢が通訳をしてくれるのだが、功は歯がゆく思った。功は父の姿を見て「こんなに小さいのか」と思った。功の思い出の中にある父はいつも背筋をピンと伸ばしていて格好がよかった。功は「死んだと思っていた父が、元気でいてしかも中国にきてくれた」と思いながら、父の顔を見続けた。

面会室には父のほかに實と毅の伊藤兄弟、その友人の貿易商・長島和子、毅の料理仲間の中国人、劉家祥と息子の劉顕明、それに石川末吉と宮沢がおり、にぎやかだった。龍平は孫たちにあめを配り、功らは大連から持ってきたりんご一箱を伊藤らに贈った。記念写真の撮影と昼食が終わると、功ら兄弟と子どもたちは龍平の部屋に行き、父が日本から持参してきた写真を見た。

それは功の小さい頃の写真だった。懐かしいと功は思った。文革に入ると、功は貯金通帳や思い出が詰まったたくさんの写真を全部燃やしてしまった。紅衛兵に家宅捜索され、追及される恐れがあったからである。龍平はその写真を「持っていきなさい」と言ってくれたが、功は断った。紅衛兵に見つかったら、何をされるか分からないからだ。現在、功が持っている写真の多くは、日本に帰国後龍平から譲り受けたもので、文革前の写真は共青団の写真など一部しか残っていない。

夕食は功らが泊まっている北京飯店のレストランで食べた。食事が終わると、龍平は功たちにそれぞれ大連、南京までの交通費をプレゼントだといって渡した。龍平は、息子たちが広州に来るのにかなり無理をさせたことを心苦しく思っていたから、少しでも息子たちの負担を軽くしてやりたかったのだ。

功たち兄弟はそれから十一月六日まで父との思い出の日を送った。それはこんなふうだった。

二日は日曜日で、功らは父が用意してくれたタクシー四台に乗って動物園に行き、パンダや

母、芳子と3兄弟。左が功、右が章夫、母に抱かれているのは弘行（1942年ごろ）

少年らしくなった薩拉斉時代の功（1945年ごろ）

旅順国民学校初等科入学当時の功（1941年4月）

コンパル店内で。家族と従業員（1937年）

揚子江に棲むというワニ、華南トラなどを見た。子どもたちは初めての動物園に目を輝かせていたことを功は覚えている。弁当は父がホテルから持ってきてくれたものを一緒に食べた。通訳がいなかったため、身ぶり手ぶりで意思疎通を図った。三日には伊藤毅と劉顕明が広州賓館にきて、劉の通訳で功らは毅に昔の旅順や薩拉斉の思い出を話した。夕食は劉顕明が蛇料理で知られる店に功らを招待、龍平も交えて初めての味に挑戦した。

「お前たちが元気で私に会うことができたのは、母さんを助けてくれた養父の劉述芝さんのおかげだ。私は劉さんに会いたかった」

四日になると、龍平が功らのホテルにやってきて、長島の通訳で養父、劉述芝への感謝の思いを口にした。自分は一人で薩拉斉から帰国し、戦後を生きてきた。龍平には家族を中国に置き去りにしてしまったという悔いがあり、妻や子どもの苦境を救ってくれた劉述芝こそ恩人だと思ったのだろう。龍平のこの思いを、功らはその後も何回か聞かせられる。

「母さんのこれまでの生活は本当に大変だっただろう。劉述芝さんにお礼を言いたかった」

龍平は広州最後の夜、功と章夫が会いに行くと、母と養父へのねぎらいの言葉を言い、謝礼にとせんべいや洋服を渡してくれるように頼んだ。

広州に入って八日目の七日が父との別れの日だった。父を含む日本からの一行は帰国するため、午前八時半広州発の列車に乗った。深圳経由で香港に向かうのだ。龍平は「生きている間に必ずまた会いたい」と言って、息子や孫たちの手を握ってから列車に乗り込んだ。功たちは列車が見えなくなるまで、ホームで手を振り続けた。

龍平と別れた功ら四兄弟は、南京の章夫の家に寄り、二泊したあとの十一月十一日朝、みんなで餃子をつくって食べた。中国には「上船餃子、下船面」ということわざがある。（船に乗って）旅に出るとき餃子を食べ、（船から下り）旅から帰ってきたら面（麺・ラーメン）を食べるという意味である。兄弟四人が二週間近くも一緒にいるのは大人になってからはほとんどなかったことであり、話は尽きなかった。

南京から大連へ帰る途中、功は広州で聞かされた龍平の言葉をしっかり胸に刻んでいた。

「質素な生活を心がけ、浪費やぜいたくは慎むように。健康に気をつけて仕事に励みなさい。劉さんには感謝の気持ちを忘れず、母さんをよろしく頼む」

従兄の伊藤實の言葉も重かった。

「私は日本で社長をやっているが、競争が激しい。生活が安定するという保証もない。あなたたちは中国で生活する方が幸せだと思う」

功は實の言う通りだと思った。

岐路

中国解放の父といわれる毛沢東は、いまふうに言えば、絶対権力者だった。大躍進、文革という国民の大きな犠牲を伴う政治闘争を続け、片腕ともいえる周恩来とともに一九七六（昭和五一）年相次いでこの世を去った。毛沢東は二〇世紀の中国を根底から変えた革命家といえる。中国国内でもその功罪について評価は分かれる。

功が暮らした時代、毛沢東に対する批判はタブーだった。

例えば、以下のように事件があった。一九六六（昭和四一）年六月、北京の天安門広場で開かれた紅衛兵の大集会で毛沢東の演説を聞いた北京外国語学院（現北京外国語大学）の女子学生が、ヒトラーの演説と同じだと思い、直接毛沢東にあてた手紙を書いた。その結果、この学生は間もなく逮捕され、十年近くも拘留が続き、一九七六年一月には無期懲役の判決を受ける。女子学生が冤罪だとして釈放されたのは、文革が終わってから三年が過ぎた一九七九（昭和五四）年三月のことである。

文革という嵐は中国国内で十年間にわたって吹きまくった。紅衛兵と造反派の暴走もあって、共産党の指導者や知識人の多くが「資本主義の道を歩む実権派」として打倒の対象となるなど、全中国で甚大な犠牲者が出て多くの文化財が破壊された。犠牲者数について中国共産党の公式見解は発表されていない。数千万人が死亡したという説もあるが、正確な犠牲者数は分からないままに時は過ぎている。反右派闘争、大躍進運動、文革時代の犠牲者（餓死及び粛清）はおびただしいはずだ。それを推進した毛沢東は、建国の英雄として評価される一方で、中国共産党は一九八一（昭和五六）年六月の決議で文革を「党と国家と各民族人民に多大な災難をもたらした内乱」と否定、毛沢東については「功績が第一で誤りが第二」と位置付けている。

功は思い出す。文革の最中、大連の第二建築公司でも毛沢東の肖像が入ったバッジを胸に付けるよう指示された。この「毛沢東バッジ」を付けていないと、職場の造反派に攻撃される恐れがあった。だから、毎朝、家を出るときには、バッジを忘れることはなかった。それにしても、そのデザインがもう一つだと功は思った。それを口にするのはできない。口にしたら反革命分子にされてしまうことは分かっていた。

功は、かばってくれた人たちに報いる意味を込めて、新しいバッジを自分でつくってみようと考えた。その相談に乗ってくれたのは、偉雄も通った大連医学院教授の李成顕だった。李も医学院でバッジをつくる担当をしていると聞いて、訪ねて行った。李は快く功の相談に乗ってくれた。バッジの研究には功のあと大連機車車輌工場に勤める郭世才も参加し、三人は文革後も長い付き合いをする。

功はバッジをつくりまくった。何しろ二万人もいる公司（会社）だ。その工員たちが自分の好きなバッジを選ぶことができるよう、多くの種類を考えた。試作品だけでビールケース三個にもなった。工場労働者が二万人といえば、日本では大企業に属する。しかし、中国ではこれを超える工場は珍しくない。それにしても、ほとんど学校に通わず、しかも日本国籍の功がこの工場で認められたことは、功が優秀な労働者だったかをうかがわせる。それが毛沢東バッジの制作担当に選ばれた理由のようだった。

文革当時、このバッジとともに、必携といわれたのが毛沢東語録（毛主席語録）である。親指を赤い表紙に、人差し指・中指・薬指を裏表紙に付け、小指は語録の下を軽く支えるというのが紅衛兵たちの作法だった。それは「三つの忠誠、四つの無限」を表すもので、文革が毛沢東に対する個人崇拝であることを示していた。人々は毛語録を買い求め、その内容を暗誦した。功も常にこの語録を持っていて、内容を暗誦することに努めた。

全中国を十年にわたって揺るがした文化大革命は一九七六（昭和五一）年十月に江青や張春橋らの四人組が逮捕されて実質的終焉を遂げ、翌七七年八月、共産党大会で終結宣言が出され

建築現場で働いた当時の功（1970年頃）

た。

文革が終わったのだから弟も下放から戻してもらえるだろう、と功は期待した。公安局に日参し弟を戻してほしいと嘆願し続けた。日本にいる父から「息子の一人をそばに置きたい、だれかきてくれないか」と、手紙がきたことを懸命に説明し、偉雄を日本に返してほしいと申し入れた。

しかし、係官は容易に首を縦に振らない。農村に下放された知識青年たちは都市部に戸籍を戻そうともがいていた。だが、中国政府は都市への急激な人口流入を抑制しようとする政策をとり、偉雄の場合も大連に戻ることは簡単ではなかった。偉雄と淑珍は一九六九（昭和四四）年三月に結婚しているため、大連で働くことができない建前になっていた。

それでも功は粘り強く通い続けた。根負けしたのか、ある日、係官は下放から戻す条件として「思想教育を受けてもらう」と言い放った。その条件を功はのんだ。

功は模範労働者として大連でもよく知られていたから、この申し入れはようやく通った。こうして偉雄の下放も終わりを告げ、偉雄と淑珍は荘河から大連に戻り、約束通り、一カ月にわたる思想教育を受けたあと、功より一年早い一九七八（昭和五三）年四月に帰国した。

下放時代の生活の影響か、偉雄は寡黙な人になっていた。思想教育も重荷になっていたのかもしれない。それでも自立の思いは強く、車関連の仕事をしたあと、大森山王に中国料理（店名は大連）と鍼灸を併設する店を開いた。

弟の偉雄が日本に帰ったことは、功の工場でもうわさになった。職場では「劉さんもいずれは日本に行くのだろう」と、ひそひそ言葉が交わされた。ある日、上司が功を呼んで言った。

「劉さん、日本に帰ることはやめてほしい」

上司に対し、功ははっきりと答えた。

「私は日本には行きませんよ。大連が大好きなんです」

その言葉を聞いて上司は安心した顔をする。だが、数日すると、同じ言葉を繰り返した。それほど、功は職場で大事な人材だったといえる。のちに「你好」が開店してから、第二建築公司の総経理（公司の代表）が来日して功に会いにきた。総経理は「公司に戻ってほしい。戻ってきたら、南山地区（かつて日本人の別荘地として知られた高級住宅街）に別荘を建ててやる」と言って、公司への復帰を勧誘した。功は「考えておきます」とあいまいに答え、その話はいつしか立ち消えになった。

日本の父、龍平からは偉雄家族の近況を知らせる便りが定期的に届き、その最後には必ず「早く帰ってこい」という一文が入っていた。手紙を読んで功は動揺したが、いまの暮らしを捨ててまで日本に永住しようとは思わなかった。

功はますます料理にのめり込んだ。功にとって料理をすることは、頭の中に浮かんだアイデアを実践することだった。材料はなかなか手に入らなくとも、ありあわせのもので、料理をつくることが、楽しみになった。

偉雄が日本に帰国した年である一九七八年八月十二日、日中平和友好条約が締結された。七二年九月の日中共同声明を踏まえて、日本の園田直外相と中国の黄華外相によってようやく結ばれたものだ。

この一年は功にとって比較的平穏な年だった。子ども三人のうち長男の毅は事情があって英子の実家に預けていたが、長女の恵子は中学生、次男の勉は小学生になっていた。功は相変わらずの「夜鬼」ぶりを発揮していた。建築公司の寮に泊まり込んで働き続け、自宅に帰るのは週一回の日曜日だけという生活なのである。仕事に始まり、仕事に終わるという一日だ。

勤め先の食堂で朝食を取り、八時半には仕事が始まる。仕事が深夜に及ぶことも珍しくなかった。現場監督として同僚たちが帰ったあとも図面を見たり、その日の仕事の反省をしたり、翌日の仕事の段取りを考えたりするなど、やることが多かった。自宅に帰っても仕事のことが頭を占めていて、子どもたちと遊ぶこともほとんどなかった。

前年、大工場の建設現場で功は大けがをした。工場建設のために材木を大量に使うのだが、昼休みの間、材木置き場から作業場まで大きな材木を運んでおかないと、午後の始業時間になってもすぐに仕事にかかれない。そこで功は昼食を後回しにして、トラックの運転手とともに材木を運ぶことにした。クレーンを使って材木をトラックの荷台に乗せ、自分はその荷台に乗って作業場まで向った。途中、運転手は大きな石があることに気が付くのが遅れて、その石に乗り上げてしまった。そのためトラックは左に横転し、功は材木とともに荷台から投げ出されて気を失った。

気が付くと、病院に運ばれていた。背中がひどく痛かった。背骨のうち胸椎の部分が五本折れ、左の肩の骨もひびが入っているという診断で、二週間入院した。退院した功は民間療法がいいと聞いて試してみた。牛の骨の髄を小麦粉でまぜ、お湯で割って飲むのだ。市場では太い牛の骨を売っていた。髄を取り出し、飲んでみた。それが効いたのか、職場への復帰も早くできた。職場の同僚たちは、復帰してきた功を拍手で出迎え、ますます功を頼りにした。この事故も、功が職場で信頼度を増す要因になったといえる。

この時代、妻の英子も三交代制の縫製工場に勤めていて、すれ違いの生活だった。それにもかかわらず、何よりも仕事に生きがいを見いだす功には、こうした日々は充実していて、この生活を捨てることは全く考えられなかった。

こんな日常の中で功は父の誘いに応じて、日本へ一時帰国することにした。これが中国との長い別れになるのである。もし功に未来を見通す力が備わっていたら、どのような選択をしただろう。あるいは一時帰国をあきらめたかもしれない……。当然のことだが、その前途に悲運が待ち構え、中国の生活と決別して大きな壁と闘う羽目になることを功は知らない。

第六章

心優しき人々

成田空港に着いた功。思わず笑顔になった
（1979年6月5日）

帰国

功が乗った飛行機は北京空港から一路成田へと向かっていた。一九七九（昭和五四）年六月五日のことである。功は妻の英子を残し、長女で十四歳の恵子、長男で十三歳の毅、次男で八歳の勉の三人を連れて、父龍平の住む東京へ一時帰国することにした。四十五歳の誕生日の一カ月前のことだった。同じ飛行機には、功の弟で龍平の三男、弘行と妻子三人の四人家族も乗っていた。弘行の一家は日本に永住すると決めていた。

長い間対立関係にあった中国と米国が国交を樹立したのは、この半年前の一月一日のことだった。

成田や東京は、六月二十八、二十九の両日開催予定のアジア初の第五回先進国首脳会議（東京サミット）の事前警戒で、要所に多くの機動隊員が張り付いていた。

日本と中国の国交が正常化したのは、これより七年前の一九七二（昭和四七）年九月二十九日だった。北京で周恩来首相と田中角栄首相が共同声明に調印、両国の国交が回復した。中国では依然、文革の嵐は収まっていないが、中国に残留する日本人はこの日以来、少しずつ肩身の狭い生活から抜け出し、日本への一時帰国も許された。中国側は中国残留邦人について、中国への永住、日本への帰国と里帰りを認めるという柔軟な姿勢に転じていた。

父の龍平と文通を続けていた功は、父の強い勧めで一時帰国することにした。だが、広州に父を連れてきてくれた従兄、伊藤實の「あなたたちは中国で生活する方が幸せだ」という忠告が耳を離れない。十年に及ぶ下放から解放され、弟の偉雄は一年前に永住帰国していたが、功は伊藤の忠告を守って、一年程度父と暮らしたら、中国に帰ることを心に決めていた。


功の日本への里帰りは中国に残る養父と母に不安を抱かせることになってしまった。二人は、功らが日本に行ったら戻ってこないのではないかと心配し、里帰りの日が近づくにつれ、憂いを帯びた顔になっていく。

「私は建築公司の現場監督です。父と会ったら必ず戻ってきます。建英（英子）は残しますから」

功はこう言って、二人を説得した。勤務していた第二建築公司からは、必ず戻ってきて欲しいと懇願されていた。英子は、勤めていた縫製工場で四年に一度という昇給する時期が迫っていた。この時期に大連を離れると昇給がなくなる恐れがあったから、日本への渡航はあきらめた。これが勉との別れになってしまった。

里帰りの予定の家族の旅には、旅順に住む英子の両親に預けていた長男の毅も連れてきた。

毅が姉の恵子や弟の勉と会うのは久しぶりのことで、恵子は毅の存在をすっかり忘れていて、弟は勉一人だと思っていた。父から「お前にはもう一人弟がいる。今度日本に一緒に連れて行く」と聞かされ、驚いた。実際に会ってみると、毅はほとんど話をしない。田舎の子、野生児だと、恵子は思った。

功と弘行の家族が飛行機を降り立った成田空港は、激しい反対闘争を経て前年の一九七八（昭和五三）年五月二十日に開港したばかりで、サミットと空港反対派に対する警戒の機動隊員があちこちに厳しい顔で立っていた。

入国審査を終え、手荷物を受け取って出口へ向かうと、「歓迎、八木功さん、八木弘行さん」と書かれたのぼりを持った老人が数人の人たちと一緒に立っていた。それが龍平だった。功にとって、父とは四年ぶりの再会だった。功から見ると、父は四年前よりも体が一回り小さくなり、すっかり年老いていた。髪は真っ白で、背中も丸くなっている。功はすぐに父親に抱きつき、互いに大きな声で泣いた。功は父が何を話しているのか、ほとんど理解できなかった。父に語るべきことはたくさんある、少し中国語で話してみると、龍平は中国語が分からないから二人の会話は成り立たなかった。中国語ができる父の友人の女性が通訳してくれたが、直接互いに話をすることができないもどかしさに功は悲しかった。

功は父と少し暮らしたら中国に戻る予定にしていたから、日本に到着した際、出迎えた父の友人で中国語ができる長島さんという人から書類には必ず「永住」と書きなさいと言われたのに、それに従わず「一時帰国」と書いた。それが原因で住居も東京都が運営する引揚者一時宿泊施設、東京都常盤寮（江戸川区中葛西二丁目）にいったん入ったにもかかわらず、一週間で退去を命じられ、葛西の賃貸住宅に移る羽目になった。一年早く帰った偉雄と功と一緒に成田に着いた弘行は、永住という手続きをとったことで、約二カ月後に永住帰国した章夫の家族とともにこの寮に入っている。

常盤寮は、もともと売春防止法に触れた女性が更生するための保護施設として品川区に建設された。その後江戸川区に移転し、日本に帰国して居場所がない、韓国や中国からの引揚者家族の滞在場所として使われ、二〇〇〇（平成一二）年十月十八日に閉鎖になっている。ここで育った中国残留孤児の二世らが暴走族グループ「ドラゴン」を結成し、マスコミをにぎわしたこともある。

功と再会した父、龍平は中国の養父や母、妻が心配した通り「私の老い先は短い。三十年以上も離れて暮らしたのだから、中国には帰らないでほしい。建英さんも日本に呼んで一緒に暮らせばいいじゃないか」と、強く説得した。父親思いの功はそれを断ることはできない。それでも、言葉ができない日本で暮らすことに不安でいっぱいだった。はたして仕事はあるのだろうか。日本人は私たちを受け入れてくれるのだろうか。子どもたちや建英は日本社会になじむことができるのだろうか……。

思案することは少なくなかった。中国で待っていてくれるだろう、職場の同僚たちの顔が次々と頭に浮かんだ。

功は中国と日本のどちらかを選ぶか、決断を迫られた。このまま中国に帰ってしまえば、父は嘆き悲しむに違いない。それは親不孝だ。そして、功は龍平の説得を受け入れ、日本への永住を決めた。苦悩の末の選択だった。中国にいる妻と養父、母ばかりか、職場の人たちまで裏切ってしまったことに心を痛めた。

英子に永住することを告げるために手紙を出したが、怒ったのか返事はない。里帰りのつもりでやってきたのに、父の意向に逆らえなかった。それはボタンの掛け違えのようなもので、功一家の新たな苦労の始まりだったといえる。

恵子は、日本に行くのは里帰りと聞いていて、友だちには「日本のお土産を買って帰るから」と言って別れてきた。だが、父は一向に大連に帰る気配がない。

ある日、恵子は父に聞いた。

「日本は落ち着かないから嫌だよ。早く大連に帰り、友だちに会いたい！　いつ帰るの？」

これに対する功の答えはあいまいだった。

「折角日本にきたのだから、日本語を覚えてから帰ろうよ」

このころ、功一家の食事当番は恵子に任されていて、恵子は渡された千円で一日分の食材を買い、一家四人分の食事を賄った。毅は恵子とともに葛西中学校の日本語学級に行くが、学校に慣れないのか、日本語学級教師の岩田忠の授業をなかなか聞こうとしなかった。

教室は真ん中で半分に分け、一、二年生と三年生のクラスの二つがあるが、教室の後ろには高さ一メートルほどの物入れ用のロッカーがあった。毅は登校すると、必ずといっていいように、このロッカーの上に乗って自分の椅子に座ろうとしない。それを見て二年生の恵子は「ああ、また野生児が先生を困らせている」と、悲しくなった。

毅にとって、それは戸惑いの表れだったのかもしれない。ある日、父親という人がやってきて、「日本のおじいちゃんのところに連れて行く。お前には姉と弟がいるが、二人も一緒だ」と言い、初めての飛行機に乗せられ、知らない国の日本にやってきた。東京は人も車も多く、落ち着かない。以前姉と弟に会ったらしいが、その顔も覚えていなかった。日本語も分からないから、ロッカーに上がって、呆然とするばかりなのだ。

そんな毅だったが、次第に恵子や勉と打ち解けてくると、優しい人柄であることが恵子にも分かった。それは日本語学級で教えた岩田も気付いていた。そんな日本での生活が始まったばかりの中で、勉はこの世を去ってしまった。

父　母

大連に住む父親違いの妹、美恵子（劉彩雲）から電話があったのは、功が帰国して三年目の一九八一（昭和五六）年二月の寒い日だった。

「母さんが大変なの。兄さん助けて！」

美恵子の声は震えていた。

「彩雲落ち着いて！　どうしたのだ」

功が問いただすと、美恵子は少し落ち着き、声を落として話した。

最近母親の体調が悪いので、二つの病院で診察を受けたら、末期の胃がんと分かり、手術はできない、もってもあと三カ月の命だというのである。功は耳を疑った。母はたしかに病弱だった。それでも、懸命に功たち子どものために身を粉にして働いてくれた。功が成人したあと生活は少し楽になり、母の体調もだいぶよくなったと思っていた。それなのに重い病に侵されたとは……。

功は何とかするといって、電話を切った。

美恵子からは電話のあと「母さんを助けて」という手紙が届いた。私たちのために苦労してくれた母さんの病気を治したいと、功は三人の弟たちを呼んで相談した。その結論は日本に呼び寄せ、大きな病院で手術をしてもらうということだった。

功らは龍平と相談し、厚生省に母親の受け入れを申請した。それが通り八一年四月三日、芳子（劉芳珍）が美恵子とともにやってきた。母はやせてしまっていて、顔も土気色をして声を出すのも苦しいほど衰えていた。東京で出迎えた龍平は芳子の姿を見て、涙を流した。三十六年ぶりの悲しい再会だった。二人は、互いになかなか言葉が出なかった。薩拉斉で別れたときは龍平が四十七歳、芳子が三十一歳だった。それが八十三歳と六十七歳になっている。

功らはつてを頼って、東京都港区の東京都済生会中央病院に母を連れて行き、検査を受けさせた。結果は大連の病院の診察と同じだった。医師は、胃がんが進行し手遅れになっていて手術はできない、入院も無理だという。だが、功はあきらめなかった。このまま黙って母が死ぬのを待つのは、やりきれない。功が慣れない日本語で必死に「先生お願いします。母を手術してください」と頼むと、ほかの弟たちも口をそろえた。

そんな姿に、医師も根負けした。

「分かりました。やってみましょう。でも皆さん、覚悟してください。お母さんは手術途中で亡くなるかもしれませんよ。それでもやりますか？」

医師の言葉を功らは受け入れ、手術を依頼した。

大手術だった。午後から始まって夜遅くまで要して、芳子の胃は全摘された。幸い、ほかの部位への転移はなかった。芳子は病院に二週間入院して奇跡的に回復した。

芳子と一緒に住みたいと龍平が申し出、二人は蒲田のアパートに住んだ。それは戦争に翻弄《ほんろう》された二人には貴重な時間だったといえる。芳子と暮らして八カ月、龍平は一九八二（昭和五七）年一月九日、脳梗塞で亡くなった。八十三年の生涯だった。功がまだ自立への道を模索している途中のことである。

龍平は、空白だった長い時間を埋めるように、功ら子どもたちに頻繁に顔を見せ、正月には帰ってきた子どもたち家族を集めて芳子と一緒に料理をこしらえ、食べさせることを楽しみにしていた。

だが、一九八一年十二月二十五日、子どもやその家族三十人分の正月用の料理の買い出し途中に倒れて入院し、新しい年のおせちを食べることなく、長い眠りについた。

龍平が亡くなった翌年、中国から芳子の再婚相手の劉述芝が来日、芳子の世話をしながら日本で生涯を送った。芳子は一九九七年九月四日、肺がんのため八十三歳でこの世を去っている。末期の胃がんで手術ができないと見放されたが、子どもたちの必死の願いを聞き入れた医師の決断で手術し、術後十六年生きたから異文化の日本での暮らしとはいえ、芳子にとって幸せな晩年だったのかもしれない。芳子の日本語は龍平に教えられた四国なまりだった。

述芝は芳子の後を追うように、芳子が亡くなった二年後の一九九九（平成一一）年四月九日に亡くなった。享年八十一歳だった。芳子は最初の夫を看取り、自分は次の夫に看取られたのである。

龍平と芳子が一緒に生活したのは中国では十一年、日本では八カ月余である。芳子にとって、述芝との生活の方が長かった。死んだと思っていた夫が生きていて、短い期間とはいえ病気の手術後一緒に生活したことに、どんな思いを抱いたのだろうか。

芳子は亡くなる直前、入院していた病院のベッドで、看病をしていた美恵子に言い残したことがある。功への感謝の言葉だった。

《あなたの大哥（一番上の兄さん＝功のこと）がもし将来困るようなことがあったら、援助してあげてね！　大哥はきょうだいの中で一番苦労していることはあなたも知っていると思う。それに一番大変な時期だったので、学校にも行かせられなかったし、そのことをいまも一番後悔しているの。

薩拉斉から旅順に帰ったときは、蟻の引っ越しのようだった。当時は銀行預金を凍結され、竹筒に貯めていた小銭が全財産で、細々と暮らしていたの。しばらくして日本が戦争に負けたことが分かったわ。その頃はお金もなくなり、私も働かざるを得なくなったの。働きに行くときは『外に行ったら日本人の子どもだといって乱暴されるので、裏の小屋（祖母の家の）に隠れて弟たちを見ていて』と大哥に言って、家を出たことを覚えているわ。

しばらくして祖母が死んでしまい、子どもたちの面倒を見てくれる人がいなくなったので、今のお父さんと結婚したの。でも、生活は苦しくて、苦しくて……。今日は食べられても、明日は分からないという日常だったのよ。

大哥と二哥（二番目の兄＝章夫のこと）は、苦しい生活を助けるために、ジャガイモの皮や石炭の燃えカスを拾いに行ったの。ジャガイモの皮を食べたあとは、それを吐いてしまったこともあったわ。拾った石炭をかごで背負って帰る途中、残り火で火が出て大騒ぎをしたこともあったの。

大哥が十六歳のころと思うけど、町で大工の仕事をするため、小さな布団を背負って出かける後ろ姿を見たときは、心が痛んだわ。本当につらい思い出なの。戦後のあのような厳しい環境の中で、みんなが専門学校まで行けたのは、大哥の力が大きかった。だから大哥を中心にみんなが協力して仲良く暮らしてほしい。『国は大臣あり、家は長男あり』という言葉を忘れないで》

一方で功ら息子たちには話さなかったこともある。胃の手術後、美恵子やその後日本に来た英理子（劉彩鳳）には、中国に帰りたいと訴えた。龍平は毎日、老人クラブに決まったように出かけ、芳子と話す時間はあまりなかった。それが芳子には寂しかったようだ。龍平が急死すると、芳子は目に見えて元気がなくなった。そして、功に対し「大連に帰りたい」と懇願するようになった。母の様子を心配した功は、弟妹たちを集めて相談し、養父の劉述芝を呼び寄せたのである。

「母はきれいな人でした。歌もうまく、頭もよかった。私たちにはいつも勉強が大事といってくれました。母の柳行李には洋服がほとんどなく、本がたくさん入っていました」と、英理子は語っている。功も本は好きである。それは芳子の血を引いているからなのだろう。

いま龍平は、功たちが建てた千葉県成田市の墓に眠っている。芳子の遺骨は分骨され、半分が龍平と同じ墓に入っている。そして半分は、芳子とともに来日した美恵子が建てた千葉県佐倉市の墓に、二番目の夫、劉述芝とともに納骨された。それは、三人に対する子どもたちのねぎらいの思いがこもっていた。龍平も述芝も、これで寂しくはないだろう……。

郷　愁

「你好」の経営が軌道に乗ると、功は父との再会の光景と重ね合わせながら、テレビで報道される中国残留孤児のニュース画面に見入り、この人たちを力づけようと考えた。自分は曲折があったとはいえ、父と再会できた。だが、多くの孤児たちは自分の身元が分からないまま、年老いていく。

そんな一人に大連出身でNPO中国帰国者・日中友好の会の副理事長を務めている宮崎慶文がいる。慶文は時々、「你好」を訪れ、大連の家庭の味を思い出し、功と昔話に興じている。それが日本に帰ってきて不遇な生活を送る慶文には大きな慰めなのだ。中国には「好吃不如餃子《ハオチプルウチャオツ》、舒服不如倒子《シュウフウプルウタオツ》」（餃子よりうまいものはない、眠るより楽しいものはない）ということわざがあるが、慶文にとって「你好」の餃子は、このことわざ通りなのかもしれない。

慶文は一九九四（平成六）年十一～十二月の第二十五次訪日調査団のメンバーとして北京からやってきた。手掛かりとなる資料はほとんどなく、身元は判明しなかったが、一九九七（平成九）年に妻、二人の息子とともに永住帰国した。それが慶文の後半生を苦しめることになる。

慶文の中国時代の戸籍には、一九四五（昭和二〇）年十一月十日大連生まれと書かれていた。両親は漢族で、父は閻子余、母は趙翠蘭といい、息子には閻慶文という名前を付けた。学校の成績が優秀だった慶文は、一九六五（昭和四〇）年両親の薦めもあって北京広播学院（現在の中国伝媒大学）に進学した。記者やアナウンサーを養成する全寮制の大学だった。だが、間もなく文化大革命の騒動が起きた。慶文は中国人と見られていて、紅衛兵に襲われることはなかった。

大学を卒業すると、多くの学生とともに一年間河北省の唐山の農村に下放され米作りを手伝った。北京へ戻り北京大学でヒンズー語の通訳の勉強をしたあと、陸軍に入りチベットの軍区で働いた。五年後、北京に戻り、母校の新聞学部の教員としての仕事を得た。

その夏休み、慶文が大連に帰省すると、知り合いのおじいさんが訪ねて来て「実はお前は日本人なんだよ」と言って、彼を驚かせた。

おじいさんの話によると、慶文の父親は満鉄に勤めていたらしく、終戦後の一九四六（昭和二一）年暮れか一九四七年初めのころ、父親は兄と姉とまだ小さな慶文を連れて帰国するため大連の港から船に乗ろうとしていた。母親は避難途中にはぐれたのか、あるいは亡くなっていたのか一緒にはいなかった。小さな慶文は栄養失調のため命が危険な状況にあり、父親は日本語ができるおじいさんを通じて、慶文のいまの両親に預けた。誕生日は養父母が届けた戸籍上の記録で正確な日にちは分からない。二人は子どもがいないので、日本人でもいいからと慶文をもらい、実の子どものように大切に育てたというのだ。

慶文にとって青天の霹靂ともいえる話だった。それ以来、彼は「自分は何者なのか」ということを強く意識するようになり、おじいさんを通じて日本の厚生省に手紙を出し、肉親捜しを始める。慶文は大学の教員として十五年間勤務した。妻の李桂花はダム関係のエンジニアで、男の子が二人生まれた。大連では養母が先に亡くなり、一人になった養父を慶文は北京に引き取った。養父は一九八七（昭和六二）年に亡くなったが、息を引き取る直前、慶文が日本人であることを打ち明けた。だがこのことは家族には伏せていた。

慶文は大学教員時代の一九九三（平成五）年から九四年にかけての一年間、ロシアのサンクトペテルブルク大学に国費留学し、ロシア語やロシアの文化を学んだ。九四年秋、一カ月の休みがあり、北京まで国際列車で帰る途中北京の自宅では騒ぎが起きていた。厚生省からの手紙が届き、日本からの手紙に不審を持った次男が開封すると、父親が日本人孤児で、訪日調査のメンバーに選ばれたことが書かれており、妻の桂花はこのことを大学関係者に知らせてしまった。それまで彼が中国人であることに疑いを持つ人は大学にはだれもいなかったから、噂は瞬く間に広がり、家族も怒った。

この訪日調査に参加したものの、慶文の身元は判明しなかった。このとき一緒のメンバーは三十六人で、身元が分かったのはわずか十人だけだった。慶文はそれでも日本人であるという意識を捨てることはできず、日本への帰国に反対だった家族を説得し、一九九七年二月、日本に永住帰国した。

宮崎という名字は、自分で決めた。閻慶文の中国語の発音をローマ字で表記する「ピンイン」に似ているのが宮崎だと勤務先の日本語教師に教えられ、そのまま使うことにした（実際には闇と宮崎のピンインは異なる)。

中国では大学教員として働いてきた慶文だが、日本の現実は厳しかった。就職のための面接で日本語ができないため、五十一歳の彼を採用してくれる企業は全くなかった。結果的に、一家は生活保護に頼ることになった。帰国前の中国で慶文の一カ月の給料は一千元(一元は約十五円)、妻は千二百元あった。二〇一六(平成二八)年九月現在、北京の労働者の最低賃金は月額千八百九十元にまで跳ね上がっているが、慶文の家族は当時としては中レベル以上の生活をしていたといえる。

慶文のケースのように、帰ってきた中国残留孤児に対し祖国は冷たかった。日本語教育や仕事の斡旋、生活支援など多くの面で国の対応は鈍く、帰国した孤児たちは絶望に近い思いで暮らすことを余儀なくされた。

このため二〇〇二(平成一四)年十二月の東京地裁を皮切りに、全国の十五地裁に約二千二百人の中国残留孤児が国を相手に一人当たり三千三百万円の損害賠償を求めて提訴した。「日本人として自立し、日本人らしく生きることを保証すべきだ」というのが孤児たちの主張で、慶文もこの裁判の原告になった。

裁判は二〇〇六(平成一八)年十二月、神戸地裁が原告勝訴の判決を出したほかは、請求棄却という冷たい判決が多かった。しかし、神戸地裁の判決を受けて、自民党が老齢基礎年金の満額支給（六万五千円）や低収入の人には生活費を最大八万円支給、その配偶者には四万円程度を付加するとした支援策を打ち出し、原告団が裁判を取り下げるなどして、裁判は決着した。

　この方針を受けて、政府が提出した改正中国残留邦人支援法が翌〇七年十一月二十八日に国会で成立した。この法律改正は、国民年金（老齢基礎年金）の満額支給と生活支援給付金を合わせ、単身世帯で月額最大十四万六千円を支給することが柱である。

　国会で改正案が成立した直後の十二月五日には、当時の福田康夫首相が首相官邸で集団訴訟の池田澄江原告団代表（現在、NPO法人中国帰国者・日中友好の会理事長）らと面会している。福田は冒頭「皆さんのことに気付くのが遅れて申し訳なかった」と謝罪し、「これまでの国の支援策は十分な成果を上げていない。皆さんは私が想像もつかないほどご苦労をされてきた。今度の法律で少しでも幸せになっていただきたい」と言葉をかけ、支援策の着実な実行を約束した。この日の夕刊各紙には、福田の謝罪の言葉や面会後の記者会見で池田が「晴れて日本人になれ、さわやかな気持ちです」と語ったことなどが大きなニュースとして掲載された。


　客商売をしていると、いろいろな客に出会う。トラブルも続出した。

　店を始めたころ、何度も通ってくる人がいた。

「あなたの店はこの値段でやっていたら、必ずつぶれるよ。ほかの店が迷惑だと怒っている。

もう少し値段を上げなさいよ」

この客は、来店する度にこの言葉を繰り返した。あとで分かったことだが、他の店の関係者だった。親切に教えるふりをしながら、値上げさせようとしたのだ。

このほかにも、忘れることができない客は少なくない。

開店当初、大柄の体格のやくざ風な男が客としてやってきたことがあった。男は小籠包を注文した。ところがこのときあとから入ってきた客に間違って先に出してしまった。それを見た男は「俺の方が先に注文したのに、あとから入ってきたやつに先に出すなんて、けしからん。こんな店はつぶしてやる」と騒ぎ出した。

男は謝る功に左手を見せ「俺は小指が半分しかない者だ。分かるか！　どうしてくれる」と、大声でわめいている。金を脅し取ろうというそぶりが見え見えだ。

何度頭を下げても許してくれず、功は困ってしまった。そこへパトカーのサイレンが響いてきて、「你好」の店の前で止まり、制服の警察官が飛び込んできた。警官二人は大声を出す男をパトカーに乗せ、連行していった。あっという間の出来事だった。だれかが騒ぎを見て、一一〇番通報をしてくれたのだ。この男は、その後二度と店に顔を出さなかった。

ある日、四人の男性客が来て、たっぷり料理を頼み、にぎやかに食べていた。帰るときになって、そのうちの一人が「腹が痛い！　料理のせいだ」と騒ぎ出した。その剣幕に、ほかの客も驚いて、料理を食べるのをやめて見入っている。

「代金は要りませんので、病院に行って見てもらってください」

功が言うと、「腹を壊す料理を出しておいて、何を言っている！　謝って済むと思うのか」と、語気を強めて詰め寄った。このときも、見かねた他の客が警察に通報し、二台のパトカーがきて男たちを連行した。男は病院で診察を受けたが、どこも異常がなく、警察の調べにゆすりが目的だったと自供した。

「你好」には開店直後から一九八八（昭和六三）年まで「你好落書き帳」というノートが置かれていた。表紙はアカシアの林の道を走る馬車が、裏表紙には旧満鉄の特急「アジア号」が描かれたノートだ。店を訪れた人たちが思い思いに、一筆したためるのだ。功が旅順、内モンゴル、大連で生活をしたことを聞いた旧満州、内モンゴルに縁のある人たちもさまざまな思い出を記した。

最初の頁には「『你好』に集う人々はみな好朋友。とくに青春を你好のジャングイ（旧満州の言葉で親方のこと）と同じ旅大地区に過ごした人々はなおさらの感がします。ここで幾度も笑顔でお会いしましょう。一九八四年吉日　旅順の中尾（旅小・旅中・旅高）」と記されている。

旅順のコンパル近くに住んでいた児玉華子も、初めて一九八五（昭和六〇）年三月二十八日に友人とともに你好を訪れたことがこのノートに記されている。児玉以外にも、コンパルのことを書いた人も何人かいた。

首都圏だけでなく、新聞や雑誌に載った記事を見て札幌や長崎、福岡、広島からきた人たちもいる。ほとんどが大連、旅順の思い出に触れ、「你好」について「大連の味」だと懐かしんでいる。広島県福山市からやってきた人はこんなことを書いている。

《今日は本当の中国の味を堪能させていただきました。私は中国東北地区、蘆平で生まれ、中国料理で育ちました。昭和二十年当時、旅順中学二年で終戦後に帰国しました。以後、広島県で中国料理店を経営しておりますが、残念ながら、こんな本当の中国の味を出すことができません。近い将来、私どもの職人を来させますので、どうか、ご指導のほどをお願い申し上げます。再見》

微笑ましい書き込みもあった。

《ぼくのおばあさまは、りょじゅんうまれです。名まえは、あさ日ぬい子です》

この書き込みの下には、おばあさまとおじいさまという説明がついた似顔絵が描いてあった。大連埠頭をカラーのペンで描いた人もいた。

日本のことがよく分からない妻の英子は、大連の味を求めてやってくる人たちと仲良くなり、再び来店すると喜んだ。日本に帰って間もない女性がほとんど平仮名で書いた短い文章もある。

《ママベサンエ　貴方にあいにきた　ノートにかきました　皆さん字が上ず　私はだめ　で

もたのしくよませてもらいました　皆さんもっとかいて　昭和六十年三月二四日》

落書帳には、薩拉斉に触れた一文も残っている。かつて薩拉斉に駐屯していた軍に所属したという戦友三人が懐かしい餃子の味を思い出したいと、雑誌で紹介された你好にやってきた。すると、白い割烹着を着た経営者から薩拉斉という土地の名前が出てきたというのである。

《びっくりしました。日本料亭「薩拉斉」の金春（コンパル）の経営者の息子さんがいまの店主の八木功さんでした。日本料亭「国定」の真ん前にあったコンパル（西門の手前）。昭和十七年十二月より十九年三月中旬迄、薩拉斉地区警備で公会堂近くの「ヒノマル」や「東家」等が思い出されます。八一年六月、八三年四月、八五年八月と三回にわたりフフホト（昔の厚和）、包頭、固陽、サラチ（現在は土默特右旗といいます）を参観しました。特に八五年八月にはサラチの新しくできた庁舎で旗長先生（県長）にご招待を受け、黄河の「鯉の丸揚げ」そのほかフルコースをご馳走になりました。いま包頭には日本のブドウの苗木七種がすくすくと育っております。又、八一、八二、八三と植えた桜の木も元気に育っています。「サラチで桜の花見をしましょう」一九八六年三月二十二日》

このノートに一筆を記した人たちは、当然のように「你好」の常連になった。そして、この人たちを通じてさらに大連の味を求めて「你好」を訪れる人たちは次第に増えていった。

第七章 働くことの意味

「你好」本店前で（2017年3月）

発展

「你好」の経営は順調だった。夜には、多くの客が行列をつくった。椅子に座るのに二時間待ちという日もあった。

日本は一九八六（昭和六一）年十二月からバブル景気が始まる。アメリカ・ニューヨーク、セントラルパークにある五つ星豪華ホテル「プラザホテル」で前年の一九八五（昭和六〇）年九月二十二日に開催された五カ国蔵相（5G）・中央銀行総裁会議で、それまでのドル高を是正する合意（プラザ合意）をした。これが日本のバブル経済のスタートといわれている。極秘会議のため、日本の蔵相、竹下登は国内でのゴルフを装って隠密裏に成田から訪米したという。

プラザ合意後、日本は一時円高不況になったが、それも二年で克服、同時に地価と株価が異常に高騰し続けるバブル経済へと突入した。このころから美食を追求するグルメブームも到来し、「你好」も餃子の人気店としてマスコミに取り上げられるようになった。だが、功はどんな時でも謙虚な姿勢を崩さなかった。今日あるのは、後援会の人たちの応援があってのことだという思いをいつも抱いていた。

店は黒字が続くようになり、帳簿の付け方は後援会メンバーの岡島昭治（中国留学生友の会幹事）

が教えてくれた。少しずつ公的資金への返済も始まり、完済できる見通しもついた。そんなとき功の頭に浮かんだのは、カンパの方も返したいということだった。それを善元と岩田に相談すると「その必要はないですよ。みなさんがカンパしてくれたのは、八木さんの自立を願ってのことで、だれもカンパを返してほしいという人はいませんよ」と言う。

一度はそうかと思ったが、やはり返さなければいけないという考えが頭をもたげてくる。伊藤實の「あなたたちは中国で生活する方が幸せだ」という忠告を結果的に無視する形で日本への永住を決めた功は、カンパを返し自立できたことを、實にも報告したかった。

カンパ返済を実行に移したのは一九八六（昭和六一）年二月のことである。既に本店の二階にあった麻雀店も改装して「你好」で借りていて、客席は全部で五十五席となっている。それでも行列がない日は皆無だった。

カンパ返済の知らせに、ほとんどの人が驚いた。中には、カンパは融資ではないと怒って、受け取りを拒否した人もいた。

「私は八木さんが好きだから、カンパしたんですよ。八木さんの餃子を多くの人に安く食べてほしいという夢は、私の夢でもあるのです。あなたは本当に頑張った。ありがとう」

こう言って、功の手を握り、涙を流して喜んでくれる人もいた。

功は善元たちと相談し、後援会の人たちを招いて感謝の報告会を開くことにした。その報告会は二月十七日に開かれた。参加したのは約四十人だった。家族連れでやってきた人たちが多く、功がつくった羽根つき餃子や肉まんは、次々に皿から消えていく。

報告会の席上、店の名前をなぜ「你好」にしたのか、そのいきさつも明かされた。

開店に当たって支援者たちからは、店の名前をどうするかさまざまな意見が出た。一番多かったのは、「大連」だ。功が長い間暮らした街であり、功の目指す味も大連の家庭料理だったから、この名前にもひかれた。「望郷」という案も出た。功の料理を食べ、故郷に思いをはせる人もいるだろう。「你好落書帳」には、そんな人たちの大連や旅順での思い出が書かれているから、悪くはなかったかもしれない。「幸福」がいいという声もあった。功の餃子を食べると、幸せな気分になるという説明だった。

だが、功にはひそかに考えている名前があった。

支援者たちの議論が出尽くしたところで功が言った。

「みなさん、ありがとうございます。『大連』も『望郷』『幸福』もいいと思います。でも、私は『你好《ニーハオ》』ではどうかと思うのです。中国ではあいさつにニーハオと言います。だから、私はお

創業時の後援会メンバーの名前が店内額に

客さんをニーハオと言って出迎えたい、それを店の名前にしたいのです」

ふだん物静かな功が珍しく強い言葉ではっきり自分の考えを述べると、支援者の間から「それがいい！」という声が上がった。こうして店名は「你好」に決まった。

客の中には、「你好落書き帳」に「懐かしい言葉你好、ご来店の皆さん、你好。きれいな、良い言葉ですね。明るいきれいな、もう一回你好」と書いてくれた人もいて、功を感激させた。


日本のバブル経済が崩壊したのは一九九一（平成三）年二月といわれ、その後日本経済は「失われた二十年」と呼ばれる長い低迷時代に入る。功はバブル崩壊が、自分の店にも影響するのではないかと不安を抱いた。この年の前半はたしかに客足が減った。だが、それも長くは続かず、雨の日、風の強い日でも「你好」の前に多くの人が行列をつくる、以前の姿に戻った。

多いときには、七十人から百人くらいが並んでいる。功はその姿を見る度に心を痛めた。並んででも私の料理を食べてくれることはありがたい、でも申し訳ない気持ちでいっぱいになる。何とかしたいと考えた。だが、名案は浮かばない。そして十年が過ぎた……。

功は善元らと相談して、一九九三（平成五）年十二月十二日、開店十周年を祝う「餃子を食べる会」を開いた。厨房では中国から招いた五人の調理師が働いていた。王原喜ら大連を中心にした熟練の腕を持つ調理師だ。この日のお祝いには約四十人が集まり、紹興酒を飲みながら、料理を味わった。当日出された料理は九品だった。

肉包子（肉まん）、焼き餃子、水餃子、花形蒸餃（飾り餃子）、前菜、紅焼海参（なまこ料理）、糖酢黄花魚（いしもちのあんかけ）、五香牛肉（牛肉四川風炒め）、公保明蝦（海老のからみ炒め）。

席上、功はそれまでの支援に対し感謝の言葉を述べ、店の拡張を考えていることを説明した。本店とは道を挟んだ至近距離に新しいビルができたが、この地下一階を借りて、「你好」の別館にする構想だ。功は既にビルのオーナーに地下を使いたいと申し入れ、家賃交渉をしていた。だが、当初提示された額は高額で、それまでの「你好」の料理の値段でやっていたら、とても採算が合わない。功は料理の値段を安くするのが経営方針で、それを変えることはできないと話し、もう少し下げるよう頼み続けた。その交渉は三年に及び、ようやく折り合いがついたのだった。

「餃子を食べる会」から二年後の一九九五（平成七）年九月、「你好別館」が営業を始めた。店は二百五十平方メートルあり、百五十人が座ることができるから、もう行列はできないと功は思った。だが、それはうれしい誤算だった。別館にも行列ができるようになったからだ。地下へ通ずる階段から客が並び、その列は地上へとつながっている。別館は長男の毅が手伝い、功の片腕になっている。

功の「お客様に申し訳ない」という思いは、いつになっても消えない。それが別館以後も支店をオープンする原動力となった。JR蒲田駅近くにも進出し、二〇〇七（平成一九）年三月に「西口店」、〇八年八月に「南口店」、一〇年九月に「恵馨閣」と連続して出店、夫、永田強の転勤で米国に住んでいた長女の恵子が帰国し、「恵馨閣」の責任者として店を切り盛りしている。

この間、「你好」本館の調理人のうち十年近く働いた張恩平が「独立したい」と、功に相談した。張は、中国から「你好」にやってきた調理人の第一号だ。張を功に紹介したのは、「你好」の常連客の一人だった。彼は中国語にも堪能で、あるとき大連の金州区にある中国料理店で食事をした。それがとてもおいしく、感激した彼は「料理長を呼んでほしい」と頼み、出てきたのが張だった。料理の味をほめたたえた彼は、何度かこの店に通ううちに張と親しくなり、「日本で働いてみないか」と誘った。いつも行っている「你好」が、店主一人で料理をやっていて大変そうなことが分かっていたから、腕の立つ調理人を紹介してやろうと思ったのだ。張は「ぜひ日本に行きたい」と、返事をした。

この話を聞いた功は、張を受け入れようと思った。だが、就労ビザはなかなか下りなかった。当局に七回通い詰め、「你好」の経営が堅実であることを理解してもらい、ようやく張の来日が実現した。本店開店から三年後の一九八六（昭和六一）年のことである。

張は功の許しを得て、一九九五（平成七）年に独立した。店は横浜と八王子を結ぶJR横浜線の東神奈川駅前にあり、名前も「你好」とした。張は料理の腕がよく、作るのも早かったから、横浜でも評判の店になった。だが、あるとき、功の顔見知りの客が変なことを言ってきた。

「横浜にできた店に行ってきた。八木さん、餃子がここの味とは違うんだ。あまり、うまくなかったよ」

おかしいと思った功は早速横浜に出かけて、張に問いただした。

「お客さんから餃子の味がおかしいと言われた。どんな餃子を出しているの?」

功は出された餃子を食べてみた。これは違うと思った。調べてみると肉が少なく、ハクサイが多すぎる。

「これは『你好』の餃子ではないよ。肉とハクサイのバランスをちゃんとうちでつくっていた通りにしてよ」

功が注意した。張はその場では、餃子の作り方を本店と同じくすると約束した。だが、その約束は守られなかった。同じような苦情が再び寄せられ、功はその後も何度か注意をしたが、張は聞いたふりをするだけで、ハクサイの多い餃子を出し続けた。温厚な功だが、これでは「你好」の餃子の評判が落ちてしまうと思い張と決別した。開店二年後のことだ。張の店は名前を変えて継続し、張自身は息子に店を譲り中国に帰って行った。

その後も、張と同じように、本店で長く働いた調理人が次々に独立し、「你好」の支店として運営されている。その中には、安くておいしい料理を提供するという方針から外れ、高級志向の料理で高い値段設定をして功と対立、閉店したケースもあった。

それが銀座店だった。庶民の店である「你好」が銀座に支店を出したのは東日本大震災があった四カ月後の二〇一一（平成二三）年七月だった。銀座二丁目のビル八階だったが、「あの蒲田の『你好』が銀座に」という物珍しさも手伝って、当初は客が行列をつくった。しかし、銀座には中国料理の高級店が多く、中途半端な料理では高級料理の味を知った銀座の客を満足させることはできない。次第に銀座店の客足は遠のき、功はビルのオーナーとも相談し、閉店を決断した。開店からちょうど三年後の二〇一四（平成二六）年七月のことである。閉店を惜しむ声もあったが、功の決断は早かった。

そうした失敗を振り返り、功は人を見る目が少しずつ養われたと思う。経営的に閉店は痛いが、仕方ないと割り切った。

家族

日本に消費税が導入されたのは一九八九（平成元）年四月一日からである。経済活動のうちの消費という行為、つまり物を買ったり、飲食店で食事をしたりする際、代金や料金に三％の税金が上乗せされた。

消費税構想は、一九七〇年代半ば以降続いている財政赤字の累積という事態を背景に打ち出され、大平正芳政権は一般消費税の導入を閣議決定したものの、反対論が根強く総選挙（一九七九年十月）中に導入を断念している。続く中曽根康弘政権下では売上税と名前を変えて国会に上程されたが、国民的反対に遭い廃案（一九八七年十二月）になっている。だが、竹下登政権下の一九八八（昭和六三）年十二月、強行採決で消費税の導入を柱とする税制改革関連六法案が成立し、八九年四月から施行されたのだ。

その後も消費税の引き上げは続いた。一九九七（平成九）年四月から二ポイント引き上げられて五％に、さらに二〇一四（平成二六）年四月一日から三ポイント増の八％となった。増収分は高齢化社会に伴い、増え続けている社会保障の財源に充てるというのが政府の説明である。続いて二〇一五（平成二七）年十月一日からは一〇％に引き上げられる予定だったが、引き上げ時期は二〇一七（平成二九）年四月、二〇一九（平成三一）年十月と二回にわたって、延期されている。

功は消費税が導入されたときに、対応策を考えた。料理の値段はそのままにして代金を請求する際に消費税分を上乗せするいわゆる「外税」方式と、消費税分を含めて値段設定をする「内税」方式という二つのやり方があると聞いた。いずれにしても客の側からみれば、料金値上げになることは違いない。値段を据え置き、量を減らす店もあるという。それらは、おいしい料理を安く提供したいという功の信念には合わないものだった。

功は決断した。料理の値段は据え置き、消費税分は店が負担すればいい。しかし、そうはいっても店の経営は打撃を受けることになる。それでも、やってみようと考えた。多くのお客さんに来てもらえばいいのだ……。苦渋の選択である。

同じように、消費税を品物の値段に転嫁せず、店の努力で三％分を補うことを決めたという東京・下町商店街の話が新聞に掲載されたのを見て、功は心強く思った。バブル経済がピークに達し、消費税に名を借りた便乗値上げも問題になっていた。

薄利多売の考えが功を奏し、「你好」の行列はさらに増え、消費税分を払っても経営に打撃を受けることもなかった。だが、さすがに二〇一四年四月一日から八％になると、店の負担は大きく、功は毅と相談して消費税分を外税方式でやむなく客からもらうことにした。そうしても客の入りに変化はなかった。

客が多いということは、内側にいる人間には大きな負担だった。その典型が餃子づくりである。ある一日の「你好」の様子を見てみよう。

功は朝六時に店に出ていて、一人で餃子の材料の仕込みをやっている。店の調理人や従業員が集まるのは午前十時である。英子も毅もいる。午前十一時半には店が開店するから、その準備も必要で、全員が餃子づくりにかかりっきりになることはない。しかし、なるべく大勢でやらないと、その日の餃子は間に合わない。昼の営業時間が終わる午後二時ごろから、餃子づくりが再開され、夕方のオープンまでほぼ休みなしで続けられる。夜の営業は午前零時に終わるが翌日分をつくっておかなければ足りそうもないので、全員の作業が待っている。深夜でも「你好」の厨房はなかなか灯りが消えない。

中国では、春節（旧暦の正月）や祝いごとがあると、家族みんなで餃子をつくる習慣がある。「你好」の場合はそれが仕事になっているのだが、みんなが競争するように手早く餃子の皮に餡を入れて包む作業姿は、この店の日常風景といえる。

功はうまくいかなかった横浜の店のことが頭から離れず、餃子だけは「你好別館」（現在は「你好大飯店」）で作り、それを各支店に回す方式をとるようにした。餃子の店を看板にしている以上、支店によって味が違うと言われることは避けたかったし、手作りにこだわりたいのだ。

開店後数年して閉店した支店もあり、二〇一七（平成二九）年五月現在で、「你好」の店舗は十二店舗になる。直営は本店や別館など六店舗、調理人が暖簾分けして独立した支店が六店舗に分かれる。いずれも焼き餃子のほかにゆで餃子、エビゆで餃子、蒸し餃子、水餃子、スープ入り餃子を扱っており、これらの店舗の分を賄うためには、一日当たり約一万個が必要だ。だから、来る日も来る日も、「你好大飯店」では休みなく餃子づくりが続いているのである。使う材料も多い。豚の三枚肉（バラ肉）四十キロ、ハクサイ三十個、ネギ十キロ、小麦粉百キロなど、半端な量ではない。最近は使う材料の量が増えている。それだけ客が多いということなのだ。

功は餃子の材料にも神経を使う。当初は具に入れるのはハクサイと長ネギ、豚の三枚肉だった。だが、しばらくして、ハクサイは季節や天候具合によって微妙な苦みがあることに気がついた。そのままでは餃子のうまみが失われる。そこでハクサイの量を減らし、キャベツと半々にしてみた。するとハクサイの苦みが消えて、本来の「你好」の餃子の味になった。キャベツを入れるのは例年四、五月の頃だが、二〇一六年は天候不順の影響でハクサイの味がもう一つだったため冬になってもしばらくキャベツを使った。豚はブロック肉を仕入れ、店でひき肉にする。それに鶏ガラと豚骨を煮込んだラーメン用のスープを隠し味として入れ、一晩寝かす。これが肉汁たっぷりの餃子となるのだ。

味付けは醤油と塩、ごま油でやり、餃子用の皮は強力粉と薄力粉を熱湯でこねて薄く伸ばすが、中央部分をやや厚くし、周囲は薄くする。具を入れると、厚さが均等になって口当たりがいいのだ。皮をつくるとき、功も含め、店の調理人は一度に二枚の皮を伸ばす。

羽根つき餃子にするには、強力粉をぬるま湯で溶かした「羽根つき餃子の素」が必要だ。功は失敗を繰り返し、強力粉一に対しぬるま湯二十の割合でつくることに至った。野菜は決して機械を使わず、水分が出てしまわないよう包丁で切る。

いま、高齢になった功を支えているのは長男の毅と長女の恵子だ。毅は工業高校在学中から下校すると店に出て手伝い、高校を卒業すると、蒲田にある総合エレクトロニクスメーカーに勤める。昼休みになると、「你好」に戻り、店を手伝い、また会社に戻って仕事をするという繰り返しを四年続けた。「エンジニアとしての道を歩むのが弟の夢だった」と、恵子は語っている。

しかし、その夢を捨て、毅は会社をやめ「你好」で働くことに専念する。働き詰めの父親の疲れ切った姿を見て、父を助けようと、功の後継者となる道を選んだのだ。毅の心の中で葛藤があったはずだが、毅は黙して語らない。毅の長男雄太郎はＩＴ関係の会社で五年勤務して退職、「你好」グループの経営管理を担当し、功を安心させている。

恵子はＪＲ蒲田駅西口の「恵馨閣」を切り盛りしている。恵子の夫、永田強の父、侃《ただし》は功と同じ一九三四（昭和九）年の生まれで中国残留孤児だった。一九七二（昭和四七）年に瀋陽から長野県に引き揚げてきた。既に両親は亡くなっていて、侃は日本社会でも辛苦を強いられる。強は自分の一家の生活が苦しいことは分かっていたから、アルバイトをしながら高校と大学を出る。その後、大手家電メーカーに入社、二〇一七（平成二九）年三月まで北京駐在だった。強の兄夫婦が「你好」で働いたことから恵子と強は知り合い、結婚した。強の兄夫婦は現在、大田区池上で中国料理店を開いている。

恵子は強の転勤でかつて米国のマイアミに住んだ。ホームパーティで知り合った友だちと、娘が通う大学構内で車を使って餃子とおにぎりを販売したこともある。その友人の一人が飲食店を開き、恵子も手伝った。店に通ううち恵子はこの仕事が楽しくなり、帰国後、店をやりたいと思うようになった。それが「恵馨閣」で実現したのである。恵子は「毅と違って、私は遊びのような感覚なのですよ」というが、二〇一六年十一月には、川崎市元住吉に新しい店を開店させるなど、経営感覚は功譲りでたくましい。

龍平と芳子との間に生まれた功ら四人兄弟とその家族だけでなく、述芝と芳子の間に生まれた美恵子、英理子、五郎たちも相次いで日本にやってきた。いわゆる「家族の再結合」だった。ではなぜ、功のきょうだい家族、全員が中国から日本に移り住んだのだろう。

「生活するのに、中国よりも日本の方が格段によかったからです」

美恵子も英理子もこう言った。文革の時代を経験した人々には、日本の生活はパラダイスと思えたのだろうか。しかし、自立するのは容易なことではなかった。

一九八〇年代から、中国残留邦人家族の多くが日本に移り住んだ。この背景には父母に孝養を尽くし、家族の生活を大事にしようとする中国残留邦人特有の家族観があるとする見方がある。

と同時に、功の妹たちと同じように、経済的に発展した日本の生活がバラ色に見えたからなのかもしれない。しかし現在、中国は日本を抜いてGDP（国内総生産）が世界第二位の経済大国になった。現代ならどのような選択をしただろう。

功の家族は、日本に移り住んでどのような生活を送ったのか。すぐ下の章夫は、帰国後二年間日本語を学び、昭和島（東京都大田区）にある金属加工の会社に入り、見習いをしたあと金属加工の現場で働いた。中国では化学肥料工場のエンジニアとして大勢の従業員を使う立場にあった章夫は、昭和島の会社が中国の深圳市に工場を建設すると、通訳兼工員の指導者として派遣され、七年間にわたって深圳と東京を往復する生活を送り、技術系の仕事で自立した。

章夫は見習い時代、先輩工員から屈辱ともいえる言葉で嫌がらせを受けたことが忘れられない。

「お前は俺が収めた税金で養われているのだ。しっかり働け！」

当初、章夫一家は生活保護を受けていた。それを知った先輩が、揶揄したのである。この侮辱に耐え、章夫は黙々と働いた。そのうち、その工員は章夫の技術の確かさを知ったのか、何も言わなくなった。

功が中国料理店を開く際に、弟や妹たちの多くがやっていけるのかと、心配した。長兄は料理がうまく、弟妹たちは一目置いている。だが、日本は中国とは違う。日本人の口に合う料理が提供できるのだろうかと、みんな不安を口にした。それでも功の店が軌道に乗り始めると、弟妹たちは兄の姿を見て考えが変わったようだ。そして、次々に餃子を中心とする店を開店した。

章夫の下の三男弘行が蒲田に「金春《コンパル》」、その下の四男偉雄が大森に「大連」、長女美恵子が千葉県佐倉市に「富麗華」（現在は「彩雲」）、次女英理子が蒲田に「歓迎《ホワンイン》」を開き、家族とともに営業を続けている。弘行の長男、誠も蒲田で「春香園」という中国料理店を出した。「你好」をはじめとして、これらの店は全国に蒲田を餃子の街として知らしめる原動力になった。定食評論家として日本全国の定食屋や立ち食いそば屋に通い続けている今柊二は『餃子バンザイ！』という本の中で「你好」、「歓迎」、「金春」、「春香園」を取り上げ、蒲田餃子の四天王と紹介している。

偉雄は東日本大震災前年の二〇一〇（平成二二）年十一月、肺がんのため六十六歳でこの世を去った。龍平と芳子の間に生まれた四人の兄弟の末弟だった偉雄が一番早く旅立ってしまった。功より一年早く帰国した偉雄は葛西小学校の日本語学級で善元から日本語を学んだ。当時、帰国者が日本語を学ぶ場が少なかったため、偉雄は子どもたちと一緒に善元の教室に通った。

当時、善元は偉雄について「言葉が遅い。あまり話をしない人だ」と感じていた。しかし、のちに偉雄が文革で苛烈な体験をしたことを知って「本当に申し訳ない、取り返しがつかないことを考えていた」と振り返っている。

一九八三年（昭和五八）に母の看病のために日本に来た英理子は、中国では中学校の数学の教師だった。夫の義和（孫朝順）も教師で、二人はそのまま日本に残り、「你好」を開店した功に弟子入りし、半年間料理作りから店の経営について学び、「歓迎」をオープンした。英理子は功を兄としてだけでなく自立の恩人として慕っている。英理子も功と同様、母が拾ってきた野菜を工夫して作ってくれた餃子の味を覚えていて、功に負けない愛情のこもった餃子を提供したいと考え続けている。

美恵子は大連時代の十年間、大連港の船員用食堂で調理師として働いた経験がある。一回で四十人分の料理をつくっていたというから、料理のプロである。しかし、店を開くに当たって日本人の口に合う料理ができるかどうか不安を抱いた。

「兄の料理をよく食べました。弘行兄さんも来ていましたね。兄の料理がだんだんうまくなっていくのが分かりました」

美恵子は、兄の料理を並んでまで食べる日本人の姿を見て、これならやれると思った。

開店の順番は「你好」→「大連」→「歓迎」→「金春」→「富麗華」で、美恵子は先に開店した英理子と功に相談して、自分も店を始める。当初は英理子の店のメニューをそのまま使った。調理人の手当てがつかなくなって店をやめようとしたときには、功が手配をしてくれて閉店しなくて済んだこともあり、功と妹の英理子には感謝の気持ちでいっぱいだ。

英理子は笑いながら、師匠でもある功への思いを口にする。

「功兄さんを私はうらんでいるのよ。兄さんにいろいろ教わって店を開いたら、忙しくなってしまって。疲れてしまうのよ……」

この冗談は、自分の店が繁栄していることの証なのである。英理子は、中国にいる間、多くのレストランに行き、食べた料理の内容について詳細に手紙を書き、功に送り続けた。その手紙は「你好」がメニューを増やすための大きな材料になった。「你好」で一番大きな店である別館には百六十種類のメニューがある。功にそのうち人気料理の五つを挙げてもらうと、一、焼き餃子（六個、三百円）、二、水餃子（十個五百円）、三、小龍包（六個五百円）、四、拌涼菜（パクサイのサラダ、七百円）、五、炒合菜（野菜炒め、六百円）だという。やはり、餃子が「你好」の看板料理なのである。

中国ではそれぞれ別の職業を持っていた功の兄弟姉妹が、兄が始めた中国料理を通じて異文化の日本で成功したことは、稀有なことではないだろうか。功の七人きょうだいで、中国料理以外の仕事についたのは章夫と五男の五郎（現在、中国在住）の二人だけである。

日本がバブル経済時代に突入し、人々はうまいものを求めて行列をつくる中で、これらの店は人気店になっていく。テレビの食べ物の番組で餃子といえば、白い割烹着に白い帽子の功が引っ張り出されることも珍しくなくなった。

それだけよく知られるようになっても、功の日常は変わらない。早朝に起きて、六時から餃子や饅頭の仕込みを続け、帰宅するのは深夜の一時を回っている。功は数時間の睡眠があればいいように、大連時代から体ができていた。後年、店を手伝うようになる長女の恵子も同じ体質を受け継ぎ、極端に短い睡眠時間で生活をしているという。功と恵子の姿にＤＮＡの不思議さを感じるのである。

功は、イベントで出店を依頼されると、断らない。できるだけ多くの人に「你好」の餃子を食べてもらいたいと思うからだ。それは毎年最低三、四回ある。二〇一六（平成二八）年十月にも大田区産業振興協会が主催し、大田区産業プラザＰｉｏで開かれた大田区制七十周年記念事業「おおた商い（ＡＫＩＮＡＩ）・観光展」（十五〜十六日）に出店し、優良中国料理店として表彰された。続いて早稲田大学卒業生の集まりである「稲門祭」（二十三日）でも、功自ら白い割烹着姿で餃子を焼いた。その姿は溌剌としていて、働く喜びに満ちている。

第八章

中国の旅

旅順のシンボル白玉山塔

従姉妹

大連の玄関口である大連周水子国際空港に降り立つと、功の顔の表情が日本にいるときより少し変化したことが感じられた。日本で見ると功はどことなく遠慮しているような印象なのだが、それが薄れ、不思議なことに体全体に力感がみなぎってきているのだ。

鹿児島県に上陸したあと太平洋沿岸を東に進み、和歌山県に再上陸して激しい雨を各地にもたらした台風十六号は、温帯低気圧に変わって飛行への影響がなくなった。二〇一六年九月二十一日、私たちは功とともに成田発の日航機に乗り、中国へと旅立った。

功が四十四年間を過ごした中国の思い出の地を訪ね、その生活ぶりがどんなものであったかを知るのが目的だった。一行は功のほかにすぐ下の弟の八木章夫、功の長女の永田恵子、それに元葛西小学校日本語教師の善元幸夫と元葛西中学校日本語教師の岩田忠、元共同通信記者の筆者（石井克則）の六人だった。善元は来日直後に亡くなった功の次男の勉と功を教え、岩田は恵子と弟の毅の先生だった。

恵子は功の中国料理店「你好」の支店、「恵馨閣」を経営する実業家である。旅の直前、短いメモを私たちに渡してくれた。そこには娘から父への思いが書かれていた。

中国では建築士として日々忙しく過ごしていた父ですが、日本に移り住み、家族を養うべく料理人へと転職しました。父は中国でたくさんの友人に親しまれて生活をしていましたが、それは日本でも変わりませんでした。当時、あまり日本語が話せないにもかかわらず、日本でも同じようにたくさんの友人に愛されている姿を見て、私は父のことを尊敬するようになりました。私の目標は、父のように人々から愛され、常に相手のことを考えて行動できる人間になることです。そんな父のもとに生まれることができて、私は幸せ者です。いつまでも元気でいてほしいと思います。

このメモの通り、旅の間、恵子は高齢の功を気遣い、私たちにも終始目配りしてくれた。二人の元日本語教師は、既に書いた通り、功の自立に重要な役割を果たした。教師としての枠を超えて、功の人間的魅力にひかれて深い付き合いを続けてきた。この旅の途中、功は二人に対する感謝の気持ちを何度も筆者に明かしてくれた。

筆者は共同通信社記者時代、社会部に所属し、厚生省（現在の厚生労働省）を三年間担当した。当時の大きな取材対象として中国残留孤児問題があった。一九八一（昭和五六）年三月には第一次の訪日肉親捜しがあり、以来六回にわたって訪日調査を取材した。それぞれに過酷な人生を歩んだ人々の話を聞きながら、涙をこらえることができないことがしばしばだった。対策は後手に回っており、日本政府は何をやっているのかと、怒りを覚えることが少なくなかった。

筆者が初めて大連を訪れたのは一九八四（昭和五九）年六月のことで、勤務先の共同通信社と中国の国営通信社・新華社は当時、一年交代で記者を招待し、それぞれ日本と中国について取材する便宜を図っていた。この年は、新華社の招待で共同通信社の記者が中国を取材する番になり、私たち三人の記者と一人のカメラマンが中国残留孤児問題を取材テーマに東北部（旧満州）を三週間かけて回った。その最初の地が大連だった。

空港から市内へと向かう車の中から外の景色をカメラで撮影しようとすると、北京から同行していた通訳に厳しく制止されたことを記憶している。それから三十二年が過ぎた現在、そうした心配はない。

私たちは空港で出迎えてくれた八木親子の知り合いの于明珠と、彼女の親類のタクシー運転手の二台の車に分乗して、大連市内で昼食を取ったあと第一の目的地旅順へと向かった。

新中国の誕生後の長い期間、旅順は外国人の立ち入りを禁ずる未開放都市だった。旅順港が軍港として重要な役割を持っていたためと思われるが、一九九六年（平成八）には市内の一部が開放され、さらに全域が開放になったのは二〇〇九（平成二一）年だから、つい直近のことである。

全面開放までは厳しい制限があった。二〇〇二（平成一四）年夏に民放テレビの番組で旅順を訪れた功は、この町のシンボル的存在の白玉山へ上ることはできなかったし、テレビ局のクルーが町から白玉山を撮影した際、同行していた中国政府関係者にその場面の削除を求められたことを覚えている。弟の章夫も全面開放になる前に旅順を訪問した際、白玉山の近くに行った。この山にはよく遊びに登ったから、誘惑に勝てず、つい山道を登り始めた。それを通報され、当局に一時身柄を拘束されるという苦い思い出がある。

だが、いまはそうした注意は不要である。

旅順は何度も戦争の舞台になった。日清戦争（一八九四～九五）、日露戦争（一九〇四～〇五）の歴史を刻む建物も残っている。その一つである旅順口区北五・二キロにある「水師営会見所」は、一九〇五（明治三八）年一月二日、日本軍の乃木希典大将とロシアのステッセル将軍が会見した場所として知られ、現在は記念館として往時の陳列品が並んでいる。

藁葺屋根の二つの部屋しかない小さな平屋（かつては民家で、現在は復元した）には、私たちしか入館者はいなかった。説明する若い女性は旅順の出身ではないといい、日清戦争当時に発生したという「旅順虐殺」の話は知らなかった。

それはさておき、水師営の記念館は、あまり入館者はいないようだ。八木兄弟のように旅順で生まれ育った日本人は少なくないが、多くは高齢化しており、故郷への訪問ができない環境にあるだろう。さらに、近年の日中関係の悪化によって、日本人の中国への観光が減っていることも影響しているようだ。記念館の一角にはかつて弾丸跡があったナツメの木が残っていたが、現在は四代目になっていて歴史の流れを感じさせる。

水師営は農村部で、功の母芳子が生まれた地区でもある。だから功はところどころで車を止め、自ら道行く人に訪ね、芳子の家を探し回った。だが、周辺はすっかり変わっていて、よく分からない。

「その場所は、少し低いところにありました。この辺かな……」

功が指さす方向には既に農家はなく、小さな工場やコンクリート製の住宅団地が建っている。ここで生まれ育った芳子は、縁あって日本人の龍平と結婚し、後年日本に移り住んで生涯を終えている。幼いころ、自分が故郷から遠く離れた異郷の地に骨を埋めることになるとは、考えてもいなかっただろう。

旅順で日本人によく知られているのは二〇三高地だろう。旅順市街地の西三キロに位置し、海抜が二百三メートルであることから、この名前が付いた。現在、全域が森林公園になっているが、山頂には日露戦争後に建てられた「璽霊山」という慰霊碑がそのまま残っている。

この山をめぐる攻防は日露戦争史の中で特に有名だ。旅順を訪れる日本人にとって、公園になっているこの場所は必見の地でもあるのだろう。

途中までは車で登ることができるが、最終の駐車場からは徒歩で二十分程度かけるか、ここでカフェを営む女性の運転するマイクロバスで登るしかない。カフェの女性が言うには、マイクロバスの乗車賃は一人百元。日本人だけは料金を取るが、中国人なら無料といい、于と運転手を含めて八人のうち日本人に見えるのは筆者と岩田の二人だけなので、二百元でいいという。実際には日本人は六人で中国人が二人なのである。

「あの山の向こうに住んでいたことがあるのです。よくここには遊びに来ましたよ」

頂上に立つと、功が言った。

二〇三高地の麓の北劉という村に母と再婚した養父の家があり、功は仕事の手伝いにきていた。当時、二〇三高地は草や雑木しかなく、遊びがてら薪を拾いにやってきた。少年だった功にとっては、この山が日露戦争の激戦地の印象よりも、薪を拾い頂上を目指して駆け上った遊び場としての記憶が強いようだ。

二〇三高地から見る旅順の街は、少し霞がかかっている。功は故郷の街を、いつまでも見続けている。


時間は午後五時を過ぎている。マイクロバスで駐車場まで下りてきて、さらに二台の車で公園を出ようとするが、門が閉まっている。係員を呼んで何とか開けてもらう。閉園時間は厳格に守っているようだ。

市内へ向け車を走らせていると、章夫が功に声を掛けている。

「この近くに男の同級生が住んでいる。家にいるかもしれないので、会っていきたい」

章夫の友人は、郊外の住宅団地に住んでいるという。八階建の新しい建物が並んでいる住宅地で車を止めると、老人たちがおしゃべりに興じている。日没まではあとわずかである。老人の一人が章夫の友人宅を知っているというので、案内役を買ってくれた。八木兄弟は土産代わりに近くの八百屋でスイカを一つ買い、建物の中に入っていった。しばらくして二人は帰ってきた。友人が不在で、妹が二人を送ってきた。章夫の顔に少し失望感が漂っているように見える。

日は暮れて、旅順郊外は暗闇に包まれている。市内に向かう途中、両側のビルは電気が消えている。

「残業はあまりしないのかなあ」

「日本とはかなり違うね」

こんな会話が善元と岩田の間で交わされている。

功は車でもう一軒回ると言って、道案内を続けた。向かうは旅順口区の鴉戸咀地区にある従姉妹の家だった。暗い道でも功はよく覚えていて、この角を曲がり、あの信号の先だと教える。だが、暗闇の中で目指す家はすぐには見つからない。しばらく、聞き込みを続けながら前に進むと一軒の家の前で男女が立っていた。

母親の妹、劉芳蘭の次女夫妻だった。つまりこの家の奥さん、王淑英が功の従妹なのである。家の中に入り、話をしていると、もう一人の女性が飛び込むようにやってきて、功の手を握りしめた。淑英の姉で近所に暮らす王淑花だった。

淑花はかつて、はだしの医者として医療活動に従事したが、現在は引退生活を送っている。はだしの医者は中国語で「赤脚医生」と書き、正式な医療教育は受けずに地方の医学訓練所で短期間医療技術を学び、農業に従事しながら患者の治療に当たる医者のことを言い、郷村医とも呼ばれた。功にとって、叔母の劉芳蘭は恩人であり、従姉妹たちは一緒に遊んだ、きょうだい同様の存在だったという。

既に書いた通り、功は二〇〇二（平成一四）年夏、民放のテレビ番組スタッフとともに日本に帰国してから初めて旅順に行った。この旅で功は友人から若いころの写真を何枚かもらった。芳子と一緒のもの以外の写真は文化大革命当時にほとんど焼いてしまっていたから、思い出の写真を隠し持っていてくれた友人に感謝した。

旅順の街並みは全く変わっていて、龍平が営んでいた「コンパル」の建物もとうになくなっていた。この後、芳蘭の家を訪ねたが、引っ越していてなかなか見つからなかった。道行く人に尋ね回ってようやく行き着いた。芳蘭は年老いていたが、元気で「ただいま」という功を抱き締め「息子が帰って来た」と涙ぐんだ。功は芳蘭がつくるトウモロコシのパンが大好きだった。そのパンを芳蘭の娘の淑花がつくってくれた。

その味は、叔母の味そのものだった。お礼に功は「餃子のために一日でハクサイを三、四十個も使っているよ」と言いながら、餃子をつくった。芳蘭は功の額の汗を拭いてくれながら、餃子づくりを見守った。

恩人である芳蘭は三年後の二〇〇五（平成一七）年十一月五日にこの世を去ったと聞いていたから、今回は無理をして従姉妹たちと会うこともないと思っていた。だが、現地に入ってみると、やはり会いたくなり、電話をしたのだった。前回会ってから十四年の歳月が流れている。

「元気そうだね」

「うん。互いに年を取ったね。でも会えてよかった」

そんな会話を交わしながら、功と従姉妹たちは手を握り続けている。私たちは八木家の人たちと従姉妹たちの、そんな再会の様子を黙って見つめていた。

学校

「実は私は以前、ロシア語の通訳もやっていたんですよ！」

翌日、旅順の白玉山に登った功は、こんなことを打ち明けた。白玉山は海抜百三十メートル。新市街と旧市街の間にある山頂からは旅順口の全景が見え、山頂には日露戦争後に建てられた表忠塔があり、現在は白玉山山塔としてこの山の象徴になっている。

明治の文豪、夏目漱石は一九〇九（明治四二）年九月から十月にかけて満州と朝鮮を旅行した際、旅順にまで足を延ばしている。そのころ、二〇三高地や白玉山へ登るのは、現代のように楽ではなかった。漱石は『満韓ところどころ』という紀行文で脂汗をかきながら、山道を歩いたことを書いている。

現在、白玉山は公園として整備され、S字状の自動車用道路とロープウェーがあり、市民の憩いの場になっている。

この本を書くために私たちは東京で何度も会い、中国の旅の途中にも功を相手に長時間のインタビューを続けていた。その中に、通訳をやったという話はなかった。白玉山も子どものころの八木兄弟には格好の遊び場で、思い出は数多い。港から旅順口にある老虎尾半島まで約三百メートルを泳ぎ、半島で一休みしてからまた泳いで帰ったことも少なくないという。

久しぶりにこの山から旅順の街と海を見て、功は昔のことをはっきりと思い出したようだ。その一つがロシア語の通訳だった。

功が勤める大連第二建築公司は、一九五〇年代から老虎尾半島でソ連の技術指導に基づき軍関係の建設事業を担当した。山を切り崩して軍関係の施設を建てるのだ。そのため近くに住んでいた。この仕事で、ロシア語ができた功はソ連技術者と建築関係者の通訳もやったという。いまではほとんどロシア語は忘れたが、当時はロシア語ができる功は職場で重宝された。ソ連の技術者からダイナマイトの使い方も教わった。

功がロシア語に出会ったのは、食べる物に窮乏した少年時代だった。八木兄弟はソ連人の家庭で燃料として使われた石炭の捨て殻を拾い集めて市場で売り、その金でピーナツやあめを買い、ソ連兵やその家族に売り込んだ。その売り込みのために自然にロシア語を覚えた。十四歳のころ功は、ソ連の将校クラブであるレストランで給仕や皿洗いのアルバイトもしたので、さらにロシア語に磨きがかかり、通訳としての役割を果たすまでになったのだ。中国では小学校の四年間しか学校に通っていない功だが、努力家としての一面がここでも明らかになった。

老虎尾半島で働いていた当時、功には鮮烈な思い出がある。毛沢東を支える周恩来首相がこの建設事業を指導するソ連技術者幹部に会いにやってきたのだ。一九五五（昭和三〇）年のこと記憶しているが、正確な日にちは分からない。周恩来は白いスーツを着ていて、まばゆいばかりに見えた。功の建築現場の人たちは帰宅させられ、功ら数人だけが現場で出迎えた。幹部から説明を聞いた周恩来は、現場のソ連人技術者のために持参してきた高級銘柄の「中華」というたばこを配った。この銘柄は現在も販売されていて、功は中国のたばこ売り場で見る度に、あの日の周恩来の姿を思い出す。

筆者は同行の于明珠に質問した。

「近代中国に大きな影響を与えた毛沢東、周恩来、鄧小平の三人の中で、だれが一番だと思いますか」

于ははっきり答えた。

「そりゃあ、何といっても毛沢東よ。私たちの世代にとって毛沢東は神様です。毛沢東に比べたら周恩来や鄧小平は普通の人よ」

毛沢東は、新中国を建国した偉大な指導者とはいえ、大躍進運動や文化大革命で国民に大きな犠牲を強いた。周恩来は人格者で毛沢東の暴走を側面から抑えて中国の困難な時代を支えた実務家であり、鄧小平は現代中国の経済発展を推進した指導者だ。私は毛沢東よりも周恩来、鄧小平に魅力を感じるのだが、中国の若い世代（于は夫の李礼茂とともに三十代）は、毛沢東を神格化しているらしく、あとで会った李礼茂は胸に毛沢東バッジを付けていた。

白玉山から見る旅順の街や老虎尾半島の風景は美しい。全長百七十二キロという海岸線、黄海と渤海の境界線には世界的奇岩があり、蛇島にはここにしかいない珍種のマムシが生息するという。軍港と自然が共存するのが旅順口の特徴なのだ。功が「青い海と背後に山があって、本当にきれいな街です」と、以前話してくれたことを思い出した。頂上に立つと、その美しさが理解できた。ただ、旅順口を含む大連地区全体の経済発展が続いているためか、街並は薄い霞に包まれている。それが現代中国の姿なのである。

町中に戻って、功の父親の龍平が営んでいたカフェ兼日本料理店「コンパル」を探す。

「『コンパル』があった場所はこの辺ですね」

功が車から指さす方向を見ると、そこには現代的なカフェと化粧品店が並んでいて、もちろんかつての店はない。

「児玉さんの呉服店はあちらです」

東京で再会した幼なじみの児玉静子の家は、「コンパル」から見て道路の反対側にあったという。市の中心部のため車の交通量が多く、車を止める場所もないため「コンパル」の跡地に行くことは断念した。

私たちは次に、功が通った旅順第一小学校跡を探すことにした。一九〇六（明治三九）年五月十日に開校した第一小学校は、日本人がもっとも多くの住んでいた旧市街の柳町にある旅順公議会事務局（ロシア時代の裁判所）が校舎として改修されたものだった。当時は旅順尋常高等小学校という名前だった。その後変遷を経て旧市街・伏見町が最後の校舎になる。功が一年生の途中まで通ったのも伏見町だった。

この場所はやや高台にある。日本統治時代の地名はなくなっており、私たちは高台に見当をつけ、車を降りて幹線道路から外れた坂道を上っていった。しばらくすると、右側に「旧八一零歴育退休職工活動室」と書かれた平屋の建物があった。中国には定年退職者が集まってゲームを楽しむこうした施設があるという。中に入ると十畳間ほどの広さの部屋があり、そこで四人（女性三人と男性一人）が麻雀、二人（男性同士）が中国将棋を楽しんでいた。それぞれのゲームを立って見ている人もいる。

「この辺に昔小学校があったことを覚えている人はいませんか」

いずれもが七十歳を超えたと思われる男女が、興味ありげに私たちを見つめた。

「小学校？　日本人が通っていた学校かな」

「そうです。私が通ったんですよ」

功が答えると、一人の男性が立ち上がった。

「そういえば、目の前の幼稚園と軍の施設の前はたしか学校だった。……。うん、思い出した。日本人の学校だったと聞いたよ。私が案内してあげるよ」

男性の後について歩いていくと、活動室の反対側には幼稚園があり、さらに進むと軍の施設があった。功が門に近づくと、若い兵士が事務所から出てきて制止した。

「昔ここに学校があったことを知っていますか」

この質問に兵士は知らないと首を振り、写真はダメだと言い、早く立ち去るよう促した。

いずれにしても第一小学校があったのはこの場所だと確信した功は、少しだけたたずんだあと、案内の男性に礼を言って坂を下り始めた。

かつての旅順国民学校（旧旅順第一尋常高等小学校）は赤煉瓦造りの二階建て校舎で、一部三階建ての玄関校舎に入るまで長い坂道が続いていた。正面玄関から見ると右手が低い石垣になっていて、途中に音楽教室やボイラー室があり、下り坂は右側へゆるくカーブしていた。学校の反対側にはゆるやかな斜面があり野原になっていて、春から夏の間、野原には花が咲いていたという。

功もこの坂道を、季節の花を見ながら登校したのだろう。

功にとっての学校は、この旅順第一小学校と内モンゴル薩拉斉の小学校、それに葛西小学校日本語学級、小松川第二中学校の夜間学級、恵比寿中国料理学院ということになる。このうち、初めての学び舎である旅順第一小には一年生の途中までしか通っていないが、この小学校は一番懐かしい場所だったに違いない。しかし、いまは全く変わっていて以前の風景は存在していなかった。

　時計は午後三時半を過ぎている。日清戦争の犠牲者を祀った万忠墓博物館は既に閉館していて、中に入ることはできず、近くにある旅順監獄博物館をのぞくことにした。正式名称は「旅順日露監獄旧跡博物館」である。

　この監獄は一九〇二（明治三五）年に遼東半島を租借していたロシアが建造し、日露戦争後は日本軍が拡張工事して、反日行動をとった政治犯や戦犯を収容した巨大監獄（敷地面積二万六千平米、監房二百五十三、最大収容数二千人）だった。収容者に対する拷問でも知られ、一九〇九（明治四二）年十月二十六日、ハルビン駅構内で日本の首相、伊藤博文を暗殺した朝鮮人の安重根が投獄され、一九一〇（明治四三）年三月二十六日に処刑（絞首刑）された場所でもある。この博物館も、二〇〇九年の旅順の全面開放で外国人の入館も認められるようになったという。万忠墓博物館とともに、いわゆる抗日愛国教育の拠点（中国共産党が定めた愛国主義教育基地）といわれ、大勢の中国人が入館していた。

　中国では二〇〇四年からこうした場所を巡る革命観光（赤色旅游）が実施されており、この人たちもその目的でやってきたのだろう。土産物売り場には、安重根の顔写真が入ったバッジやコインなどのグッズが販売されていた。

　旅順で暮らした日本人には、この街は郷愁の対象である。一方、中国の人々には旅順を舞台にした日露戦争は「国恥」そのものなのである。多くの中国人入館者を見て、そのことを実感した。

功も旅順監獄博物館に入り、安重根の収監室などを熱心に見た。その感想を同行の善元が聞くと「うう……ん、平和が大事だね。平和がいいんだ」とつぶやくように答えた。

私たちの旅は、功の生きた証を求めて、このあと、内モンゴルへと移動する。

大連から包頭に行く飛行機は予定よりも一時間半近く遅れて離陸した。華夏航空という二〇〇六（平成一八）年設立の中国国内専用の航空会社で、本社は貴州省の貴陽市にある。現在使われている機体はカナダの航空機メーカー、ボンバルディアのＣＲＪ９００型である。乗員乗客合わせて九十人乗りの飛行機はコンパクトな造りだが、清潔感にあふれていた。

筆者が初めて中国を訪れた際、何度か中国民航の国内線に乗った。ソ連製の古い機体で、大丈夫かと心配しながら落ち着かないまま乗っていた。機内はニンニクの匂いが漂ってむせるほどだった。そうした匂いはなく揺れも少ない。包頭に近付き、雷雲の中を運航したため、少しだけ揺れたが、間もなく包頭の街の灯が見えてきた。大連の空港を飛び立って二時間半。深夜、私たちは内モンゴルに到着した。

喪失

功は弟の章夫とともに幼い時に旅順から薩拉斉に移り住んで三年間生活した。その三年は八木少年にとって貴重な時間だったはずで、再訪に期待をかける功の気持ちは痛いほど分かった。だが、この町はすっかり変わっていた。功らが生活していた当時、薩拉斉の城内には約七千人の現地住民と、邦人七十数人しかいなかったが、現在の薩拉斉は内モンゴルの中核都市、包頭（モンゴルの言葉でシカのいるところという意味）の衛星圏にあって、約十五万人が住む都市に発展していた。

包頭は現在、内モンゴル自治区最大の工業都市であり、「草原鋼城」という異名を持つ。世界最大のレアアース鉱山、白雲鄂博鉱床を所有する包頭鋼鉄企業の包頭（集団）有限責任公司は、この町に本拠がある。山崎豊子の中国残留孤児を扱った小説『大地の子』でも、包頭の製鉄工場が登場する。

包頭で頼んだマイクロバスは、スピードメーターが壊れたかなり古い中国の車で、運転手は高速道路に入ると、アクセルを目いっぱいに踏み込んでいる。そのスピードは百五十キロ近いのではないかと思われるが、何しろメーターが壊れているので分からない。

外を見ていると、日本で経験したことがないスピードだ。しかも運転手はシートベルトをせず、後部座席にはどこにもシートベルトは見当たらない。やっているのは助手席に座っている善元だけだ。運転手は時折、携帯電話を取り出し、画面を見ている。そんな時、車は車線をはみ出し、隣の車線との真ん中を走っている。それでも運転手は気にしない。車線を変えるときにもウインカー（方向指示器）は全く出さず、いきなり急ハンドルを切る。これでよく事故が起きないものだと不安になる。ひやひやしながら一時間半が過ぎ、高速道路を下りた。そこが薩拉斉だった。

功が生活をしていた戦前、薩拉斉の町は城壁でぐるりと囲まれていた。だが、どこまで進んでも、そんな城壁はない。真っ直ぐな道路が続き、街並みは整然としている。運転手が「大きな博物館がある」というので、行ってもらった。市役所の建物などがある新市街に建つ博物館は「敕勒川《チーラチュアン》博物館」という名前が付いていた。敕勒はかつてモンゴル草原に住んでいた民族の名前で、敕勒川はその人たちが暮らしていた草原という意味だ。二〇一一（平成二三）年十月にオープンしたばかりというから、まだ新しい博物館である。内モンゴルのもう一つの中核都市、呼和浩特《フフホト》にある内モンゴル博物館の分院という位置付けで、建築面積は二・五万平方メートル、展示スペースは一・八万平方メートルというから大きな博物館だ。この地域から出土した土器や青銅器などの文化財、この地域の近代までの歴史を示す資料など、数多くの展示物が目を引く。

私たちは、その中にかつての薩拉斉城に関するものはないかどうか、館内を案内する若い女性に聞いた。部屋には三、四人がいたが、誰も知らないという。この博物館に日本人が来たのも初めてということだった。

居合わせた入館者らしい高齢の女性に聞いても、城壁のことは分からないという答えが返ってくる。案内の女性の一人が自宅に電話をして、家族に聞いてくれた。それよると、薩拉斉は二〇〇〇年代前半からつい最近まで新しい街づくりが行われ、城壁があった場所は道路になったという。

だから、いまはかつての城壁はないというのである。この日の案内当番という張思堯に博物館内を案内してもらう。展示コーナーの二階に上がると、初めに「敕勒川図巻」という長大な横長の絵があり、この地域の歴史や自然が描かれ、壮大なスペクタクルになっている。

展示物は多く、案内も丁寧だ。終わり近くになって中国革命の歴史を展示した部屋で「解放薩拉斉」と題した、薩拉斉城に入った八路軍のモノクロ写真を見つけた。

「これです！　これが薩拉斉の城ですよ」

功が叫ぶように言った。弟の章夫も「懐かしい」と声を揃えた。張には、日本人が何で興奮しているのか分からなかったに違いない。

八木兄弟の思い出は、このモノクロ写真に収められていた。では、いまの薩拉斉に思い出の城はないのだろうか。この答えは街をぐるぐる回っているうちに見つかった。

「あの公園にある城は、もしかして昔のものを復元したものかもしれない」

善元が、新しい公園を指さしながら言った。

そこは旧市街の一角にある「磐安門広場」という名前が付いた公園だった。この公園は二〇一〇（平成二二）年十月に完成し、面積は二・六万平方メートルで、古い薩拉斉城の北門の名前をとって「磐安門広場」としたことなどが、入り口の碑に書かれていた。

車を降りた功が叫ぶ。

「ああ！　この城ですよ。思い出しました。本当の城はもう少し大きかったが、間違いなくこの格好をしていました」

公園の一角に石垣が積まれた小高い場所があり、階段もある。階段を上がると、そこには瓦屋根の小さな城が建っている。

「あそこに上って、城外のけしの花をよく見ていたのです。色はほとんどが白でしたが、赤いのや紫、青もありました」

「兄さん！　城の前にはお堀がありましたよね。そこで冬になるとスケートをやったことを覚えています」

八木兄弟はそれぞれの思い出を語った。スケートの靴は、ふだんはいている靴に針金を付けたもので、自分たちでつくって遊んだ。功は馬に乗って、城から外に出てかなり遠くまで行ったことを話した。

章夫は城外のアヘン（ケシ）栽培の家近くまで冒険したことがある。家に近づくと、アヘン特有の鼻をつく匂いがして、慌てて逃げ帰ったという。

薩拉斉探訪で八木兄弟の父、龍平が旧市街で営んでいたとみられる「コンパル」の場所は分からなかった。飲食店で昼食にうどんを食べた。山梨のほうとうのような幅の広い麺で味はよかった。この店周辺が旧市街らしかった。

「『コンパル』はこの近くにあったのかもしれない。店の裏には広い庭があって、井戸があったことを覚えていますよ。でも、私たちが旅順に戻ってから、もう七十一年が過ぎているから、『コンパル』を知っている人はだれもいないだろうね」

功は寂しそうに言った。

「コンパル」のことを聞き回っても、昔を知る人を探すのは困難と、その後の調査はあきらめた。

功にとって、薩拉斉は旅順とともに大事な故郷である。その故郷は実は本来、日本人が住む場所ではなかった。かつて政治的・軍事的思惑（侵略）によって日本人がここまでやってきたのである。しかし、戦後七十余年。薩拉斉には今、日本人がいたことを示す痕跡はほとんどない。

それにしても功の父親の龍平は、このような奥地にまで来て、なぜ店を持ったのだろう。功には、旅順の店の経営がうまくいかなくなり、友達の誘いで薩拉斉に移ったと話していた。父親の頑張りで家族は一緒に住むことができ、薩拉斉で新しい生活が始まる。だが、それは束の間の平安に過ぎなかった。

呼び寄せた家族とは三年で別れ、その後再会するまで三十年の歳月を経なければならなかった。功の家族と同様、中国残留孤児となった人たちも同じ運命をたどった。そして、いまなお家族と再会できないままの孤児も少なくない。

功家族が父親とともにそのまま薩拉斉に残っていたらどうなっていただろうか。現実は厳しいものであったに違いない。その意味では、別れ別れになったとしても父親の龍平が妻と子を旅順に戻した選択は、間違いではなかったともいえる。

薩拉斉の郊外には、ほとんど木が生えていない岩の山が見える。それが陰山山脈なのだろう。この山はかつて遊牧民族の匈奴が支配し、二〇世紀には日本軍を狙った国民党軍や土匪という武装集団が出没していたといわれる。現在は、山に沿うように高速道路がすぐ近くを通っている。中国の近代化の速度は筆者の想像の域を超えていると思った。

行き帰り、レーサーばりの運転をして見せた運転手は菜食主義で「日本人は嫌いだ」と言い放った。その理由を聞かなかったが、徹底した歴史教育や反日テレビドラマの放映が浸透しているためかと思った。しかし、彼は私たちに接しその認識を変えたようで、運転は荒いが態度は優しかった。異なる国の市民との意思疎通には、直の触れ合いがいかに大事なことであるか身に染みて感じた。

現在の薩拉斉は石炭労働者の街だという。新市街は高層住宅が建ち並び、功から聞いたかつての薩拉斉とは様変わりした印象が強い。旧市街も間もなく新しい街づくりが始まるという。雑多な街並みは整然とした都市へと変容するだろう。そして、功の心の中にある故郷の一つは、喪失していく運命にあるのかもしれない。

友情

功は「你好」が軌道に乗り出した近年、年一回程度の割合で大連を訪問している。里帰りといった方が正確かもしれない。しかし、これまで自分が住んだ家周辺を訪ねることはなかった。かつて住んだ家がなくなっていたとしたら、喪失感は大きいだろうから、自分が住んだ家まで行く勇気がなかったのかもしれない。

だが、今回は違った。私たちの目的は、功の生きてきた道のりをたどる旅だったからだ。私たちは薩拉斉の次に、大連の街を歩いた。目指す家は沙河口区の二軒である。

功は旅順で働いたあと、工場長に頼んで大連の第二建築公司に転勤する。事務所は大連の中心部にあった。大連時代、功は三軒の家に住んだ。いずれも沙河口区にあった。日本に移り住むまで長く住んだのが三軒目の家になる四階建ての建築公司の寮の三階だった。六畳程度の一間と台所しかない狭い部屋だった。しかし、ここは功夫婦と子どもたちだけの独立した家だった。

同じ沙河口区の寮から、ここに移って、長く住んだから愛着もあった。

地下鉄の春柳駅から数分の場所である。目の前に原っぱがあり、道を挟んで中学校があった。しかし、その建物は既に取り壊されていて、なくなっていた。

原っぱは老人用の健康広場になり、低くてぶら下がることが容易な平行棒など、老人用の遊具が備えられていた。恵子もここに住んだ記憶があるという。

功たちは広場の休み場のベンチに座っていた七人の男女に話しかけた。いずれもが高齢者である。

「昔ここに四階建てのアパートがあったはずですが、どうなったか分かりますか?」

「四階建てのアパートだって！　だれか知っているかい？」

「ああ……たしか、あの正面の七階の建物は随分前に建て替えになった。以前は四階だったよ」

「そうですか。ありがとうございます」

こんなやりとりが交わされ、功は七階のアパート周辺の風景が、自分がかつて住んでいたところと同じことに気付いた様子だった。中学校の前には水が流れる堀があった。しかし、その堀もいまは埋められていてなくなっていた。

このあと、功が急に車に向かって走り出した。かつての思い出を失った悲しみを振り払っているように、筆者には見えた。

功家族が大連で最初に住んだのは、春柳にある元々は石炭会社の寮で四階建ての四階の角部屋だった。

この家は近くにあり、すぐに見つかるはずだった。道路に車を止め、このあたりかなと言いながら、八木兄弟と恵子がかつての住まい探しを始めた。目の前に四階建ての古びた建物がある。だが、三人ともこれではないと首を振る。周囲を聞きまわり、結局また最初の四階建てのところに戻ってきた。よく見ているうちに功は、これこそ自分たちが探している建物だと気付いた。

「四階の端の部屋です。ああ……あの部屋です」

それを聞いた恵子が四階まで駆け上った。筆者と章夫が後を追い、功は下で待つという。恵子が四階に着くと、何事かという顔で中年の女性が出てきた。「昔、ここに住んでいたことがあるのです」と恵子が話しているところに、髪を短く刈り込んだ七十歳前後と思われる男性が顔を出した。恵子と章夫はその男性の顔をすぐに思い出した。同じ階の隣に住んでいた鄭学義だった。

「おお！　珍しい。二人ともよく覚えているぞ。大頭の坊主はどうした？」

鄭が大頭と言ったのは、恵子の弟の勉のことだ。鄭は功一家が中国にいる間、頭の大きい勉を「大頭」と呼んで可愛がってくれ、勉も鄭を慕っていたという。しかし、恵子は勉が亡くなったことは鄭に伝えなかった。

三人が手を握り合っているところに、功が息を切らしながら上がってきた。

「何だ、劉さん（功の中国名）じゃないか。久しぶりだね。元気そうでよかった」

「鄭さん！　大変ご無沙汰しています。日本に帰る前は本当にお世話になりましたね」

あいさつを交わすと、功たちは、昔話に話が弾んだ。功は大連で第二建築公司に、鄭は第一建築公司に勤務していた。隣同士の上、台所、トイレも共用だったため家族同様の付き合いをしていたという。鄭の紹介で、彼の奥さんの妹と功の父親違いの弟、五郎が結婚したから付き合いはさらに深まった。

後に五郎夫婦は日本に移り住み、五郎はプレス工として働いた。しかし、事故で左手の親指を失うけがをしたことから日本での生活をあきらめ、中国に戻った。そんなこともあって、功家族は鄭と疎遠になったようだ。

鄭は功家族が引っ越したあと功たちの部屋に移り、六畳間は自分が、八畳間はおばあさんが使っていると話した。勤務先は定年退職をしていて、年金生活を送っているという。

この家のことで三人はある出来事をいまも覚えている。夏のある日、幼い恵子は窓から足をぶらぶらさせながら外を見ていた。暖房用のオンドルと窓は近く、オンドルの上に乗ればそのまま足を外に出すことができて気持ちがいい。そして、次第に体は外へ外へと傾いている。もう少し動けば、下に落ちそうだが、恵子は熱心に本を読んでいて、それに気付かない。そこへ、一緒に住んでいる八歳上の叔父の五郎が小学校から帰ってきて恵子を見つけた。

声を掛けると、そのはずみで落ちたりしては大変と思った五郎は、階段を駆け上り、部屋に入ると、後ろから恵子を抱きかかえた。何も知らない恵子は、いきなり五郎に抱えられて驚いた。

その話は帰ってきた功やほかの家族にも伝わり、恵子の失敗談としていまも語り継がれている。

旅の途中、恵子は大連時代の思い出を話してくれた。功夫婦は共稼ぎで、功は会社の寮に泊まり込んでいて週末に一日だけ帰ってくる。母親は三交代制の縫製工場に勤めていたから、決まった時間に家にいることはない。そのため炊事は恵子がやることが多かった。

恵子は、中国時代、一度も家族で外食をした記憶はない。あるとき、母親の英子に「油条《ヨウティヤオ》が食べたい」とねだった。油条は細長い形をした揚げパンのことだ。しばらくたったある日、英子は恵子を大連で一番おいしいという油条の店に連れて行ってくれた。母と連れ立つ恵子は、うれしくてたまらない。大連で一番おいしい油条を食べたよと、友だちに自慢することもできると思った。だが、目指す店は休みだった。楽しみにしていただけに恵子の失望は大きかった。些細なことなのに、いまもその悔しさは記憶から消えない。

私たちは旅順、薩拉斉、大連を回り、功のゆかりの場所を探して歩いた。冒頭にも書いたが、功の表情は日を追うごとに自信に満ちたものになっていく。それはどのような背景があるのだろう。

宿泊していた目抜き通りにある人民路のホテルから車で六、七分の宴会場で、功は大連在住の知人、友人を集めて夕食会を催した。九月二十五日夜のことだった。招待したのは、大連時代の上司や同僚、そして仕事を通じて知り合った六人だ。この人たちは奥さんや娘さんを連れてきたため、予定していた椅子が足りず慌てて追加するほどの盛況だった。顔ぶれは以下の人たちだ。いずれも退職をしており、職業に元が付く。功が生活の拠点を日本に移しても、この人たちとの友情は続いていた。他にも会いたい人は少なくなかったが、多くがこの世を去っていて、再会はかなわなかった。

楊乃学　大連第二建築公司　工程師（技師）　七十五歳
伊久勇　大連安装（内装）公司　工程師長（技師長）　七十八歳
呂同挙　大連旅遊局　局長　七十五歳
李成顕　大連医学院（現大連医科大学）　教授　七十六歳
韓樹深　大連第一建築公司　社長　七十二歳
郭世才　大連機車車輛工場　工人（工員）　七十八歳

六人からは様々な思い出話が出た。いずれもが功の人柄を称賛するものだった。それを集大成すれば「中国にいたころの八木さんは努力家でまじめだった。誠実な人でいい仕事をしていた。だから日本で成功したのだと思う。本当にうれしいことです」（韓）ということになる。

功は仕事だけでなく、ほかの面でも才能を発揮したという。音楽隊の太鼓のリーダー、さらにサッカー選手としても有名だった。共青団に入って支部書記として宣伝チームのリーダーも務めたこと、毛沢東のバッジを一緒につくったことも話題になった。韓は日本に観光に来て、本店二階に泊まったときのエピソードを明かして笑いを誘った。

朝、起きて一階に行くと、そこには四百個くらいの肉まんができあがっていた。おいしそうな肉まんだ。「食べたいというと、これは家内がけさ五時から作ったもので、全部予約用だ。予約してくれたお客さんが優先なので、韓さんでも食べさせることはできないと、断られた。けちだなあ……。一つか二つならいいのではと思ったが、八木さんはダメと言って一つもくれなかった」。韓は、こうした功の客を大事にする姿勢が「你好」を成功に導いたのだと思う、と話した。

功は、六人の話のあと「你好」経営の心構えを高揚した口ぶりで語った。

「私に中国料理店を百軒やったらどうかという声もあります。でも、信頼できる人がいないとそこまでやることは無理だと思うのです。現在は十二軒の店を持っていますが、そのすべてが信頼できる人と一緒にやっているのです。日本で一つの店を開くのに一千万円はかかります。だから、安易にのれん分けはしないのです」

そんな話をする功は自信に満ちていて、筆者はこれが経営者の顔なのだと思った。

六日間という短い旅、功の姿で印象に残ることが一つあった。食事に訪れる店で必ずじっくりメニューを見るのである。急いでいる場合は、ほとんど恵子と于明珠が相談して注文をするのだが、比較的時間がある場合は功もメニューを見て「これも」と追加する。メニューの最初から最後まで目を通すことも何度かあった。料理を職業としている功にとって、旅先で食べる料理も研究材料ということなのだろう。

「この味はどうですか？」

「もうひとつだね」

「ではこちらは？」

「これはうまい。できれば『你好』でも出してみたい」

こんなやりとりが、私たちの間で何度も交わされた。功は、食べている間も、その料理がどのようにしてつくられるかを考えているようだった。

帰りの機中で旅の感想を聞いた。

「友達にも会い、難しいと思った薩拉齐にも行くことができました。再現したものとはいえ城があったことに涙が流れるほど感動しました。善元先生や岩田先生と一緒に来ることができて、本当によかったと思います。こんな楽しいことはいままでなかったことですよ。大連には今度で六回目ぐらいの里帰りになります。街並みはどんどん変わっているようです。住んでいるときにくまなく行ったことがあるはずですが、車で走っていてどこを走っているのか見当がつかなくなりました。すごい変わりようですね。でも、大連と旅順は私の故郷であることに変わりはありません」

功は、日本に帰った翌日も朝六時に起きて、店に出て餃子づくりを始めた。電話でそれを聞いた筆者は、この人は生涯現役を貫き通すに違いないと思った。

人生とは生きることであり、それぞれに人を愛し、あるいは憎しみ、楽しみと喜び、悲しみと苦しみを味わう。そして土へと還るのだ。功自身、中国の四十四年間、光が降り注ぐ希望にあふれる時代や冷たい風にさらされる失意の時代を繰り返し送ってきただろう。その歴史をたどる作業は、功と同時代に戻ることができない以上、ある意味でむなしさが伴った。だが、一緒に中国を旅して、彼が生きてきた環境を少しだけ理解することができたと思うのだ。

功は終始飢餓に苦しみながら大躍進運動や文革という政治運動に揺れる激動の中国で生き抜き、日本で自立したことを振り返って、次のように語っている。穏やかな表現だが、その底には自分の力ではどうすることもできない政治潮流を生き抜く生活の知恵が感じられる。

人は一生の中で、人間関係や仕事の上で思い通りにならないことが数多く起こります。そんなときは、智力と合わせて忍耐、そして一歩引き下がる譲歩の気持ちで乗り越えていくことが必要だと思うのです。どんな大きな荒波でも、ちょっと立ち止まって耐えていけば、いつかは通り過ぎていくものですよ。

ささいなことにこだわって譲歩することを怠ると、後に大きな災いになる可能性があることを私は知っています。思い通りにならないことに出会った時は、決して自己中心に陥ることなく、理性で自分をコントロールして向き合うべきでしょうね。焦る気持ちを抑え、まずその場でいったん踏みとどまって、これからやるべきことの軽重や影響を推し量り、熟慮したうえでより適切な判断をしてから行動に移していくことが大切だと思うのです。

それでも苦境の度合いを深めてしまうことがありますよね。その意味でも上手にあいまいな態度をとり、一歩下がって鷹揚に向き合うことの方が本当の聡明で、大切な処世術と私は思うのです。

創業当初からの支援メンバーとともに

二〇一六（平成二八）年四月二十三日夜、「你好本店」に懐かしい顔がそろった。本店は、店内が古くなったことや調理担当者の確保ができないなどの事情で数年間休業状態にあった。「你好」の原点である本店をこのままにしておきたくない、という毅の強い希望で、店内を改装して再オープンすることになり、創業当初からの支援メンバーや功の友人を集めて披露するというのである。

その顔ぶれは以下の通りである。

南部憲克　弁護士
宮崎慶文　中国帰国者日中友好の会副理事長
岡島昭治　元中国留学生友の会幹事
木下大門　錦絵画家　你好のロゴをデザイン
淡路信勝　元日本航空常務
松原忠義　大田区長（元宇都宮徳馬秘書）
宮川由美子　元日中協会職員
善元幸夫　元葛西小学校日本語学級教員
岩田忠　元葛西中学校日本語学級教員

石井克則　元共同通信記者

この日の料理のメニューは功が考え、調理は新しく入った陳興が担当した。
一、前菜盛り合わせ　二、大正海老の煮焼き　三、特製酢豚　四、豚軟骨煮込み　五、干ホタテ貝とカボチャ煮炒め　六、鶏もも肉骨付き蒸し揚げ　七、なまこの醤油煮込み　八、魚の丸揚げ甘酢あんかけ　九、元祖羽根つき餃子　十、蒸しパン（花巻）

出席者の中で宮崎を除いて、ほかの人たちは三十年以上の長い付き合いだ。出席者たちは、それぞれに三十年前に遡り、「你好」開店の思い出話を披露した。中でも善元と岩田は店を始める前から学校を通じて功とつながりがあったから、付き合いは三十五年以上になる。功と子どもたちが日本語学級に通い始めたころ、善元と岩田ははつらつとした青年教師だった。功が日本に永住したのは四十四歳のときだったから、働き盛りの年齢だった。それから多くの時間が流れ、功は傘寿《さんじゅ》をとうに超え、善元と岩田は学校を定年退職している。

善元の短いあいさつが、参加者の胸に響いた。

「多くの人が『你好』を支援したのは、八木さんの誠実さを信じたからだと思うのです……」

功自身も「誠実」に生きることを大事にしている。それは苦しかった中国時代も、「你好」

の経営が順調になった今も変わりない、生き方のモットーだ。この日の集まりの最後にあいさつに立った功は「皆さんの温かい応援があって、ここまでやってきました。開店のときの苦境を救ってくれた皆さんの励ましに恩返しするためにも、まだまだ頑張っていきます」と話し、涙を流した。

中国残留孤児をはじめ中国帰国者の話は、つらい体験談がほとんどである。功の場合も、過酷な現実に押しつぶされるような生活をしてきた。

「大連時代、建物の窓やドアをつくる部門にいたことがあります。忙しい職場でした。よく徹夜をして仕事をしていました。途中でほかの人たちは寝てしまい、最後まで残るのは私を入れて三人というのが普通でした。ただ、文化大革命（文革）のときは、どんなに頑張っても私はよくやったとは認めてもらえませんでしたね」

職場に対する不満をほとんど語ったことがない功が、あるとき、こう言った。「夜鬼」と呼ばれるほど頑張っても、日本人であるという事実は功を苦しめたのだ。

既に書いた通り功は文革中、毛沢東バッジづくりをした。その縁で知り合った大連医学院（現在の大連医科大学）の元教授、李成顕と大連機車車輛工場の元工員、郭世才とはいまも付き合いがある。日本に帰国後一時途絶えたとはいえ、二人とは善元や岩田よりも長い付き合いになる。

大学の先生と建築公司の職人、そして汽車工場の工員という、不思議な取り合わせである。功が二人に教えを乞う立場だったという。李は「三人で一生懸命にバッジをつくったことが忘れることができない」と話してくれた。大の大人がと思うかもしれない。だが、文革とはそんな時代だったのである。

文革時代、多くの工場が操業停止状態に陥った。だが、毛沢東の顔入りのアルミバッジの生産だけは行われ、多くの中国人が競って毛沢東バッジを集めたという。

功にとってバッジづくりはどんな意味があったのだろう。職場で彼を守ってくれた幹部への感謝の思いや日本人として中国社会で生きる知恵の発露だったのかもしれない。「それまでのバッジはあまり目立たなかったので、もう少し工夫をしたらどうかと考えたんですよ」と、バッジづくりに取り組んだ動機を話してくれた。何事にも生真面目に、しかももっといいものをという、功の前を向く姿勢が毛沢東のバッジづくりでも発揮されたのではないだろうか。

功は人生を振り返って、豊かさとは何だろうと、時々考える。経済的に豊かであっても精神的豊かさとは縁遠い生活を送っている人も少なくない。

功の場合はどうだったのだろう。中国時代の功は物質的には豊かさとはほど遠い、恵まれない生活を送っていた。極貧の中でゴミ捨て場からジャガイモの皮やキャベツの外側の葉、パンの耳などを拾ってきて毎日のように食べた。母はそんな野菜の屑で餃子をつくって食べさせてくれた。それがごちそうだった。その貧しさの背景に何があるか、突き詰めて考えたことはない。それよりも、今を生きることに精いっぱいだった。

日本が戦後の荒廃から復興し、経済の高度成長が続いている頃、隣の中国では大躍進運動や文化大革命という混迷の時代にあり、当然ながら功もその激流の中で生き抜いてきた。「仕方がない」（中国語の没法子《メーファーズ》）と、耐える人生でもあった。それでも、人間としての矜持を失っていなかったように思えるのである。

父親は生死不明だが、家族は多い。それを支えるのは長男の自分だという意識が強く、そのためには働くことだと信じて成長した。頑健な体だけでなく、強い精神力が少年時代から功には備わっていたようだ。それは日本に帰ってからも自立への困難な道を切り開くために大きな力になったといえる。

人間の運命とは皮肉なものである。安定した中国の生活を捨てて一から出発した日本で次男を亡くし、失意のどん底まで追い込まれながら、周囲の励ましで再生の道を歩んだ功は五十歳を超えて自立を果たした。このことを「夢のようだ」と語る友人もいる。「運がよかった」という人もいる。

だが、この言葉は正確ではない。運だけでなく、功の生きるための必死の努力が実を結んだといえるからだ。運をプラスの方向に呼び寄せたのは懸命な努力と人間としての器量、あるいは度量が備わっていたからだと思う。

器量の範疇には料理人としての腕もあるし、経営者としての才覚、そして人柄や人間的魅力などさまざまな面がある。これらが総合的に機能し、日本社会のことをあまり知らないという弱点を補い、「你好」を成功へ導いたのだ。

では、食べる物にも窮した時代を送った功が、グルメを求める日本人に料理を提供していることに、どんな思いを持っているのだろうか。

「おいしくなければ料理といえません。私を応援したくれた人たちへの感謝の気持ちで、おいしいものを安く提供しているんです。そのほかのことはあまり考えていません」

功の答えは、謙虚である。

功は間もなく八十三歳になる。これまでの人生は、幸福だったのだろうか。功に「人生の幸福とは何ですか」と聞いた。すると、こんな答えが返ってきた。


人の命はただ一つです。誰でも永遠に生きながらえることなど、できないことですからね。どうしてもこの世を去らなければならないとき、自分の人生に恥じることがなかったかどうか、振り返ると思います。最後まで困難に立ち向かってひたすら努力し、全身全霊で人のために尽くし、誠心誠意人の求めに応じて貢献してきたと思うことができれば、それこそが人生最高の幸福ではないでしょうか。

私は、理想の実現のために懸命に努力し、自分がやりたいと思うことを粘り強く続けることこそが何より幸福なことではないかと考えるのです。私の場合、それは餃子をつくることであり、料理を皆さんに提供することなのです。

私がすべてその通りにやってきたかといえば、全く自信はないのです。ただ、そんなことを目指して八十年以上も生きてきましたし、これからもこの考えに変わりはありません。


人生の半分ずつを中国と日本という異文化の世界で生きた功の実感なのだろう。お国柄や時代が違っても、このような強い信念が功を支えたといっていい。

日本と中国の間には、多くの血を流した不幸な日中戦争があった。戦後の新中国の誕生を経て日中の国交が回復し、「日中友好」の時代が続いた。しかし、二〇〇〇年代に入り、中国の経済発展と並行するように、両国関係はぎくしゃくするようになった。政府間の歴史認識の違いが背景にあり、尖閣問題が拍車をかけた。日本人の父と中国人の母の間に生まれ、自身も中国人の妻を持つ功にとって、このような二つの国の姿を見るのはつらく悲しいことなのである。

功は戦争にほんろうされ続けた少年時代を決して忘れない。

「戦争は人を殺し場合によって自分も死んでしまう、怖いものです。どんな時代でも戦争はやらない方がいい。平和こそが大事なのです」

この言葉を日本と中国の若者たちに伝えたいと、功は思う。

功はいつも早起きだ。厨房へ入り、手を動かし始めると、生きていることが実感できるのだ。この感覚は、今も昔も変わらない。大連でよく知られる占い師は「あなたは九十歳まで仕事をする運命にあります」と見立てた。占いは別にしても功は生涯現役が目標であり、日本人の口に合う理想の中国料理を追い求めているから、日々やるべきことは尽きない。

あとがき

私が八木さんを知ったのは、「你好」開店、一週間前頃のことだった。当時、社会部の遊軍記者として、厚生省担当時代から引き続き中国帰国者問題を取材テーマの一つにしていて、カンパを基に中国料理店を開くという八木さんを取材し、記事にしたのである。私の質問に対し、八木さんはたどたどしい日本語で応じてくれた。その間、自分で手掛けていた内装工事の手を休めることはなく、自立にかける強い思いが取材する私にも伝わってきた。

それにしても、当時の私は「你好」がこれほどの人気店になるとは想像しなかった。カンパを寄せた知り合いも、同じような感想を持っていたことを話してくれたことがある。おいしさと安さを武器に多くのリピーターを持ったことが成功の背景にあるのだろう。

八木さんは研究熱心である。父親の健康を気遣う長男の毅さんと長女の恵子さんは、最近八木さんを海外旅行に誘う。しかし、旅先で八木さんは黙って料理を食べてはいないのである。感心した料理は帰国後「你好」のメニューにできないかどうか作ってみるのだ。この研究熱心ぶりが、羽根つき餃子考案に至ったことは、本文で書いたとおりである。

「人は生ある限り、自己のためにのびやかな人生の道を創造していかなければならない」と、八木さんが語ったことがある。それを言い換えれば、日々の仕事で懸命に努力し、意欲を失うことなく生活すれば他人も必ず評価してくれるということなのだという。「你好」と八木さんの三十数年の歴史を見てきた私は、この言葉を実践したからこそ、今日の八木さんがあるのだと胸を張って言うことができる。

この本は八木さんという個人の半生を縦軸に、さらに戦前、戦後の中国と日本の動きを横軸にして書き進めた。巨大な歴史のうねりの中で苦闘する八木さんの姿は、私たちの親の世代の姿とも重なる。

ここで、私事に触れることをお許しいただきたい。私の父は、太平洋戦争末期の一九四四(昭和一九)年五月に召集され、海軍の二等水兵となった。三十五歳の時である。長姉によると、父は軍隊に向うとき何度も振り返り家の門口を出て行った。家族は父が国内で訓練を受けたあと戦地に発つ直前の四四年秋、神奈川県江の島に面会に行ったが、これが父との永遠の別れだった。

祖母、母、三人の姉と兄の六人である。私は母のお腹の中にいたから、もちろん父の顔を見ることはなかった。父は別れ際家族に「死にたくない。死にたくない」と言い残したという。当時、父を除いて六人家族のうち男は二歳の兄一人だった。父の「死にたくない」という思いは、強かったはずである。

しかし、四五年になって戦局は末期的状況となっていく。父は部隊とともにフィリピン・ルソン島で、米軍との戦闘で戦死した。公報によれば四月二十四日のことである。遺骨はなく、その代わりに母が受け取ったのは「英霊」と書かれた黒い縁取りのはがき大の紙だけだった。公報には「クラーク地区で戦死」とあったが、どのような状況で父が亡くなったかは、だれも知らせてくれず、分からないままだった。

私は父親の顔は写真でしか知らない。母が女手一つで育ててくれたのだが、父を持たない寂しさやつらさを感じないままに幼少期、少年時代を送った。

姉たちからは父との思い出話を何度か聞いた。新しいものが好きで、当時（昭和一〇年代）、田舎の家にはどこにもなかった蓄音機を買ったこと、いつも優しく決して子どもたちを叱ったことはなかったことなど、うらやましく思う話が多かった。ただ、私自身は父親の存在が想像できなかったし、母は私に父のことは何も話してくれなかった。

父の戦死に関してだれから聞いたか不明だが、私の家族は、乗っていた軍艦がフィリピン・ルソン島近海で米軍の攻撃によって沈没、そこで戦死したと思い込んでいた。

その後、私は共同通信社に入り、父が死んだときの年齢になったころには社会部の厚生省（現在の厚生労働省）詰めの記者をしていた。あるとき、親しくしていた援護局の係官と雑談の際、父の戦死の状況が全く不明のままであることを話題にした。係官は、私から父の名前や出身地、部隊名を聞くと、数日後、倉庫の中から父の部隊の戦闘を記す報告書を探し出し、コピーしてくれた。そこには、父が所属した旧第七六三海軍航空隊がフィリピン・ルソン島のクラーク地区で米軍との間で死闘を繰り広げたことが克明に記されていた。家族が思っていたこととは全く違った内容だった。

父の部隊を含む海軍と陸軍による混成の航空部隊は、クラーク地区の飛行場をめぐってマッカーサー率いる米第十四軍所属の第四十師団との間で激しい戦闘を繰り広げた。クラークは首都マニラから北西百キロの中央平原にあり、日本軍が占有していた七つの飛行場が点在していた。連合軍はこの飛行場を奪還するため、四五年一月下旬に猛攻撃を始め、日本軍は次第に追い詰められた。

報告書によれば、米軍は先頭集団に黒人兵による黒人部隊を配置した。黒人部隊は第一線であることを示す赤と黄二色の布製の「布板信号」を掲げ日本軍と交戦した。ところが、米軍部隊はこの信号を無視して背後から砲撃を加え、黒人兵もろとも日本軍をせん滅したというのである。ベトナム戦争でも踏襲され、人種差別として米国議会でも問題になった戦法だった。

米軍に追いつめられた日本軍は組織的戦闘力を失い、ゲリラ的戦法に頼るほかなく、圧倒的装備の米軍の銃弾によって米軍侵攻前は三万四百人を擁した兵力は、終戦時にはわずか千二百三十人にまで減ったという。私の父もここで戦死した一人だったのだ。報告書は生き残って帰国することができた参謀が書いたもので、この人は戦後、日本銀行に勤め、フィリピンで体験したことは家族に多くを語らないまま亡くなったという。

この報告書を読んで私は父の死の状況を知った。同時に米軍の黒人部隊の多くが犠牲になったことに衝撃を受け、記事にしなければならないと思った。この記事は一九八二（昭和五七）年三月二十日、共同通信から配信され、翌二十一日付加盟新聞社の一面や社会面に大きく掲載された。例えば北海道新聞は「戦争非情　自軍に砲撃」「ルソン島クラーク　黒人部隊を犠牲」「旧日本軍の報告書発見」「入り乱れる前線　米が残酷作戦」という四本の見出しで扱った。父と同じ部隊で戦死した兄のことを長い間調べていた女性からは「道新（北海道新聞のこと）の記事を読んで、兄の死んだときの状況が理解できました。これで私の戦後も終わりました」という手紙が届いた。

ところで、父の戦死はすぐには私の家族の下には届かず、戦争が終わった翌年、祖母は、「背広」（スーツ）を新調して一人息子の帰りを楽しみにして待っていた。旧暦の五月節句の日（新暦の六月四日）、町長が直々に父の戦死公報を持ってきた。当時の役場には次々と町出身者戦死の知らせが入り、職員が交代で遺族に公報を届けていた。しかし、私の家の実情を知っていた職員は、母や祖母が悲しむ姿を見るのがつらいと、私の家と親戚関係にある町長に公報を届けてほしいと頼んだのだという。そして、公報を持参した町長も一緒に泣いたことは容易に想像がつく。

父を失った母と祖母が戦後、苦労を重ねながら私たち五人の子どもを育ててくれたことは、姉たちに何度も聞かされた。戦争は、私たちの家族を含め多くの人々を不幸のどん底にまで追い込んだのである。

八木さんという一人の希有な人物の物語を書き進めながら、私の頭の中にはいつも母の存在を忘れることができなかった。八木さんの歩みをたどる作業は、母の戦後の生き方を考えることでもあったからである。働きに働き、五人の子どもを育て上げた母は、私が記者として活動を始めたころ、クモ膜下出血に倒れた。一時重体に陥ったが、何とか回復し、大きなマヒも残らずその後二十年間生きることができた。亡くなる直前、母は「幸せな人生だった」と、私たち五人の子どもに言い残した。

冷静に考えれば、そうではなかったはずだ。夫の戦死、戦後の労苦の多い生活と病……。静かで穏やかな余生を除けば、幸多い人生とはいえなかった。それでも、母は全力で育てた私たちの成長した姿を見て、幸せを感じたのだろう。

いまこの本を書き終えて、八木さんの粘り強い、ひた向きな生き方をあらためて感じている。逆境が人を強くすることを、八木さんの姿を見ていて気がつく。同時にそれは私の母にも当てはまる。

人によっては、人生で何度も挫折や絶望を味わうことがある。八木さんも母も、絶望を感じたことは人より多いかもしれない。だが、それでも希望を捨てなかった。その姿勢がかつての私の母を支え、そして現在の八木さんを支えているのだと思う。本文にある通り、八木さんは私のインタビューに対し「困難に立ち向ってひたすら努力し、誠心誠意人の求めに応じて貢献したと思うことができれば人生最高の幸福だ」と語ってくれた。

この本から八木さんのこのような生き方を感じとっていただき、生きる意味とは何かを考えるきっかけになれば幸いだ。

この本は、本文中にも度々登場する元日本語学級教師、善元幸夫氏と岩田忠氏の存在なしには完成しなかった。また、出版に当たっては共同通信社時代の同僚、福島尚文氏、田口武男氏、三一書房編集部の高秀美さんにお世話になった。記して感謝したい。取材に応じていただいた方々にもお礼を申し上げたい。

二〇一七年五月　著者

刊行に寄せて

私は中国残留邦人として前半生を送り、中年になって日本に帰国しました。当初の考えでは、父としばらく暮らしてから中国に戻るつもりでした。日本は故国とはいっても、中国で生まれ育った私は日本語が話せず、やってきた日本は風俗、文化、歴史観なども全く異なる環境でした。

父の勧めで永住帰国に切り替えたのですが、この異国の地で家族をどのように養っていけばいいのかと、途方に暮れていました。この心細い思いに追い打ちをかけたのは、次男の勉が川で溺れて亡くなったことでした。

絶望や戸惑いが絡みあった複雑な気持ちで日々を過ごすうち、いろいろな方が手を差し伸べてくれました。そのお陰で、どうにか日本で暮らすことができたのです。私は料理を作ることが得意でしたので、お世話になっていた先生、友人を自宅に招き、手料理を振る舞いました。すると、特に餃子が好評だったのです。そこからヒントを得て中国料理で自立することを考え、夜間中学校の太田知恵子先生の紹介で料理学校へ行くことを決めました。

料理学校へ通いながら、中国料理店で修行をして調理師として中国料理を習得したのですが、経営知識が全くない私が店を開くことには難題が山積みでした。中でも開店資金の準備が一番の難題でした。私には全く開店資金がなかったのです。しかし、窮状を聞きつけた多くの方々がカンパをしてくれました。カンパに加え公的資金の助成も受け、約三百五十万円が開店資金になりました。そして、一九八三年、念願だった「中国家庭料理　你好第一号店」が開店しました。

開店した当初は妻と二人で小さな店舗を切り盛りしていました。私は厨房、妻は餃子作りと接客を担当しました。二人とも日本語がほとんど話せないため、お客様との間でもめ事もありました。その度に私たちは心を痛め、妻は何度も店をやめようと私に言いました。この本のための取材を受けながら、三十年以上も前の妻とのやりとりが昨日のことのように蘇ってきたことを覚えています。

それ以外にも店舗の賃貸問題や調理師の管理など、何度か挫折も経験しました。その都度妻と相談し、時には弁護士のサポートを得ながら寝る時間も惜しみ、二人三脚で働いてきました。そして「你好」はいつの間にか十二店舗（二〇一七年四月現在）になるほど事業拡大したのですから、自分でも驚いています。

店を開いたころ私は妻と二人で働いて家族を養うことができればいいと、ささやかな希望しか持っていませんでしたから、事業を拡大することなど考えてもいなかったのです。

ありがたいことに、開店直後からお客様が増え始めました。ところが、それによって、お客様を長時間並ばせることにもなってしまいました。多くの人に「安くておいしいものを食べてもらいたい」と店を開いたのですが、並ばせてしまうことでお客様が嫌な気持ちになっているのではないかと心配になりました。

そんな事情があって、思案した末に事業を拡大することに決めたのです。

そうはいっても店舗探し、調理師の雇用や資金投入など様々な問題がありました。中でも一番苦心したのは、「おいしい料理を安く提供する」という私の経営方針・理念をどうやって支店を任せる人たちに伝えていくかということでした。

「你好」で特に大事にしていることは、餃子はすべて手作りという点です。機械を導入して餃子を作ればいいと、多くの人から何回も言われました。誘惑に負けそうになることも度々ありました。しかし、手作り餃子は「你好」の原点であり、餃子の形、皮のモチモチ感は機械では出せない手作りの味わいがあります。「你好」は手作り餃子が鉄則であり、絶対に譲れないのです。初志貫徹という信念のもと、今でも手作り餃子を作るため、毎日百キロほどの小麦粉を使い、一日一万個以上の餃子を手分けして包み、お客様に食べていただいております。

今年は戦後七十二年です。日中戦争が生んだ悲劇で多くの人々が途方にくれました。私もその中の一人です。父の強い希望で日本に永住しましたが、日本の生活に馴染めず、中国に戻ることさえ考えました。当初日本語に不自由だった私がここまでやってくることができたのは、多くの皆様のサポートがあったからです。多くの人の支えで何とか困難を乗り越え、餃子という小さな食べ物で自立の道を歩いてきました。

私はこうした体験から他者からの助けなしに、また他者への助けなしに人生を送ることはできないと実感しています。どんな困難に直面してもあきらめずに己の信念を貫き通し、努力を続ければ充実した人生を歩むことができると信じています。日本の次代を担う若い人たちにこの本を読んでいただき、この思いを感じ取っていただければ幸いです。これまで支援してくださった皆様に、あらためてお礼申し上げます。

私は折々に思ったことを文章に残しています。それを振り返りますと、次の文章が一番現在の気持ちを表していますので、ここに記します。

為自己而活　　　自分のために生きる
為心情而活　　　心情のために生きる
也為別人而活　　他人のためにも生きる
想得开、活得越好　心が晴れ晴れすると、人生の道はますます輝きを増す人は生きる上で心穏やかに過ごすことを目指せば、気分も爽快でいらだちも収まるものです。心が穏やかになれば自分の世界も広がります。あなたが、他者の心に寄り添って語りかければ、他者もあなたの思いに応えて語り返してくれるでしょう。その結果、生活が楽しくなり、より幸福な人生になるはずです。このことから、穏やかな言葉は他者を惹きつけるためのものであり、物事を順調に進めるうえでとても大事なことだといっていいでしょう。

最後に、この本を執筆した石井克則氏（元共同通信記者）、企画や資料集めなど本作りに尽力いただいた善元幸夫氏（元葛西小学校教諭）と岩田忠氏（元葛西中学校教諭）に心より感謝します。三人とは長い間交流が続いています。そしてこの本のために二〇一六年、一緒に私の生まれ故郷である中国・旅順や大連、薩拉斉を旅しました。私にとって、この旅は生涯忘れることができない思い出の旅になったのです。

二〇一七年五月

八木　功

〈参考資料〉

本書の記述に当たり、以下の文献を参考資料として使わせていただきました。

●中国残留孤児・旧満州関連

・井出孫六『中国残留邦人』岩波新書、二〇〇八年
・中村雪子『麻山事件』草思社、一九八三年
・満州開拓史復刊委員会『満州開拓史』全国拓友協議会、一九八〇年
・満蒙同胞援護会『満蒙終戦史』河出書房新社、一九六二年
・平井美帆『中国残留孤児七十年の孤独』集英社インターナショナル、二〇一五年
・石村博子『たった独りの引き揚げ隊』角川文庫、二〇一二年
・石井克則『コスモスの詩　松花江にときは流れて』みずち書房、一九八四年
・藤原作弥「満州、少国民の戦記」新潮社、一九八四年七月
・太平洋戦争研究会『写説　満州』ビジネス社、二〇〇五年
・第〇〇七回国会・参議院「在外同胞引揚問題に関する特別委員会」第九号議事録・国立国会図書館（一九五〇年二月三日）

・半藤一利『ソ連が満州に侵攻した夏』文藝春秋、一九九九年
・望月稔『道と戦を忘れた日本武道に喝』ＢＡＢ出版局　一九九五年
・寺村謙一『回想の旅順・大連』一の丸出版、一九七八年
・旅順第一小学校白玉会編『創立九十周年記念誌　遥かなり旅順』一精舎、一九九六年
・清岡卓行『アカシヤの大連』講談社文芸文庫、一九八八年
・呂同挙『神秘的な旅順』中国旅游出版社、二〇〇九年
・季刊『中帰連　第三十五号』中帰連、二〇〇六年
・渡瀬吉人『薩拉斉無情―憲兵残酷物語―』朝日新聞名古屋本社編集制作センター、一九九二年
・稲垣武『昭和20年8月20日　日本人を守る最後の戦い』光人社ＮＦ文庫、二〇一二年
・太田知恵子『雨ふりお月さん―中国帰国者たちの教室』教育史料出版会、一九八三年
・大澤國昭『わたしの歩いてきた道Ｉ（満州時代・誕生から日本へ引き揚げまで）』個人出版、二〇一四年
・柏実『生獄』文芸社、二〇〇九年

●中国関連

・産経新聞「毛沢東秘録」取材班『毛沢東秘録　下』産経新聞、一九九九年

・高文謙『周恩来秘録　上』文藝春秋、二〇〇七年
・伊藤正『鄧小平秘録　上』産経新聞、二〇〇八年
・ユン・チアン（土屋京子訳）『ワイルド・スワン』講談社、一九九三年
・久保亨『社会主義のへの挑戦』岩波新書、二〇一一年
・毛里和子『日中関係　戦後から新時代へ』岩波新書、二〇〇六年

餃子・食べ物関連

・顧中正編『餃子の研究』中公ミニムックス、一九八四年
・松本秀夫『中国料理のコツ　餃子・焼売・春巻』新潮文庫、一九八五年
・甲斐大策『餃子ロード』石風社、一九九八年
・パラダイス山元『餃子のスヽメ』マガジンハウス、二〇〇六年
・今柊二『餃子バンザイ!』本の雑誌社、二〇一六年

その他

・ナイジェル・オールソップ（河野肇訳）『世界の軍用犬の物語』エクスネレッジ、二〇一三年
・菅豊編『人と動物の日本史　三・動物と現代社会』吉川弘文館、二〇〇九年
・山口昭彦『山菜ガイドブック』永岡書店、一九九二年

・善元幸夫『おもしろくなければ学校じゃない』アドバンテージサーバー、二〇〇一年
・厚生省引揚援護局編『舞鶴地方引揚援護局史』一九六一年
・斎藤貴男『消費税のカラクリ』講談社現代新書、二〇一〇年
・河合勤『愛媛の郷土部隊』愛媛文化双書刊行会、一九八八年
・倉橋正直『阿片帝国日本』共栄書房、二〇〇八年
・江口圭一『日中アヘン戦争』岩波新書、一九八八年
・藤井淑禎編『漱石紀行文集』岩波文庫、二〇一六年

●新聞記事

・読売新聞朝刊社会面記事　一九七九年七月二十日付
・毎日新聞朝刊社会面記事　一九七九年七月二十日付
・東京タイムズ朝刊社会面記事、一九八三年十二月十二日付
・中日新聞夕刊記事、二〇〇七年十二月五日付
・朝日新聞朝刊総合面記事（キーワード解説・毛沢東）、二〇〇九年九月二十八日付
・毎日新聞朝刊社会面記事　二〇一五年十一月二十二日付

●インターネット

・国立公文書館アジア歴史資料センターＨＰ「薩拉齊縣城附近戦闘詳報　獨警歩二十一大隊戦

闘詳報第十一号　昭和二十年五月十二日」
・平和祈念展示資料館ＨＰ「労苦体験記」
・厚生労働省ＨＰ
・中国百度百科『薩拉齐镇』
・愛媛県生涯学習センター・データーベース「えひめの記憶」

著者：石井　克則（いしい・よしのり）
1945年福島県生まれ。ジャーナリスト・元共同通信社記者。社会部で警視庁、厚生省（現在の厚生労働省）を担当、遊軍記者としても事件や社会福祉問題を中心に取材した。3億円事件、ロッキード事件、リクルート事件という昭和史に残る事件、中国残留日本人孤児問題、がんの免疫療法剤・丸山ワクチン認可問題、医薬品製造認可をめぐるデータねつ造事件の取材に関わる。その後、社会部次長、整理部長、ニュースセンター副センター長、札幌支社長、メディア局長などを務めた。著書に中国残留婦人の生涯を描いた『コスモスの詩　松花江にときは流れて』（みずち書房）、ラオスやベトナムの山岳地帯で学校建設を進めているNPOの活動を追った『輝く瞳とともに　アジアの途上国に学校をつくった人たちの物語』（かんき出版・共著）などがある。

「你好」羽根つき餃子とともに
――二つの祖国に生きて

2017年5月23日　　第1版第1刷発行
著　　者　石井 克則　©2017年
発 行 者　小番 伊佐夫
Ｄ Ｔ Ｐ　市川 貴俊
装　　丁　デーゲー
印刷製本　中央精版印刷
発 行 所　株式会社 三一書房
〒101-0051 東京都千代田区神田神保町3-1-6
☎ 03-6268-9714
振替 00190-3-708251
Mail: info@31shobo.com
URL: http://31shobo.com/

ISBN978-4-380-17003-4 C0036
Printed in Japan